O OUTRO LADO
DA SOMBRA

Mariana Portella

O OUTRO LADO DA SOMBRA

Copyright © 2014 by Mariana Portella

Direitos para a língua portuguesa reservados
com exclusividade para o Brasil à
EDITORA ROCCO LTDA.
Av. Presidente Wilson, 231 – 8º andar
20030-021 – Rio de Janeiro, RJ
Tel.: (21) 3525-2000 – Fax: (21) 3525-2001
rocco@rocco.com.br
www.rocco.com.br

Printed in Brazil/Impresso no Brasil

preparação de originais
MARCIO PASCHOAL

CIP-Brasil. Catalogação na publicação.
Sindicato Nacional dos Editores de Livros, RJ.

P877o	Portella, Mariana
	O outro lado da sombra / Mariana Portella. – 1ª ed. - Rio de Janeiro: Rocco, 2014.
	ISBN 978-85-325-2928-2
	1. Romance brasileiro. I. Título.
14-13619	CDD-869.93
	CDU-821.134.3(81)-3

Para Célia e Eduardo, meus pais

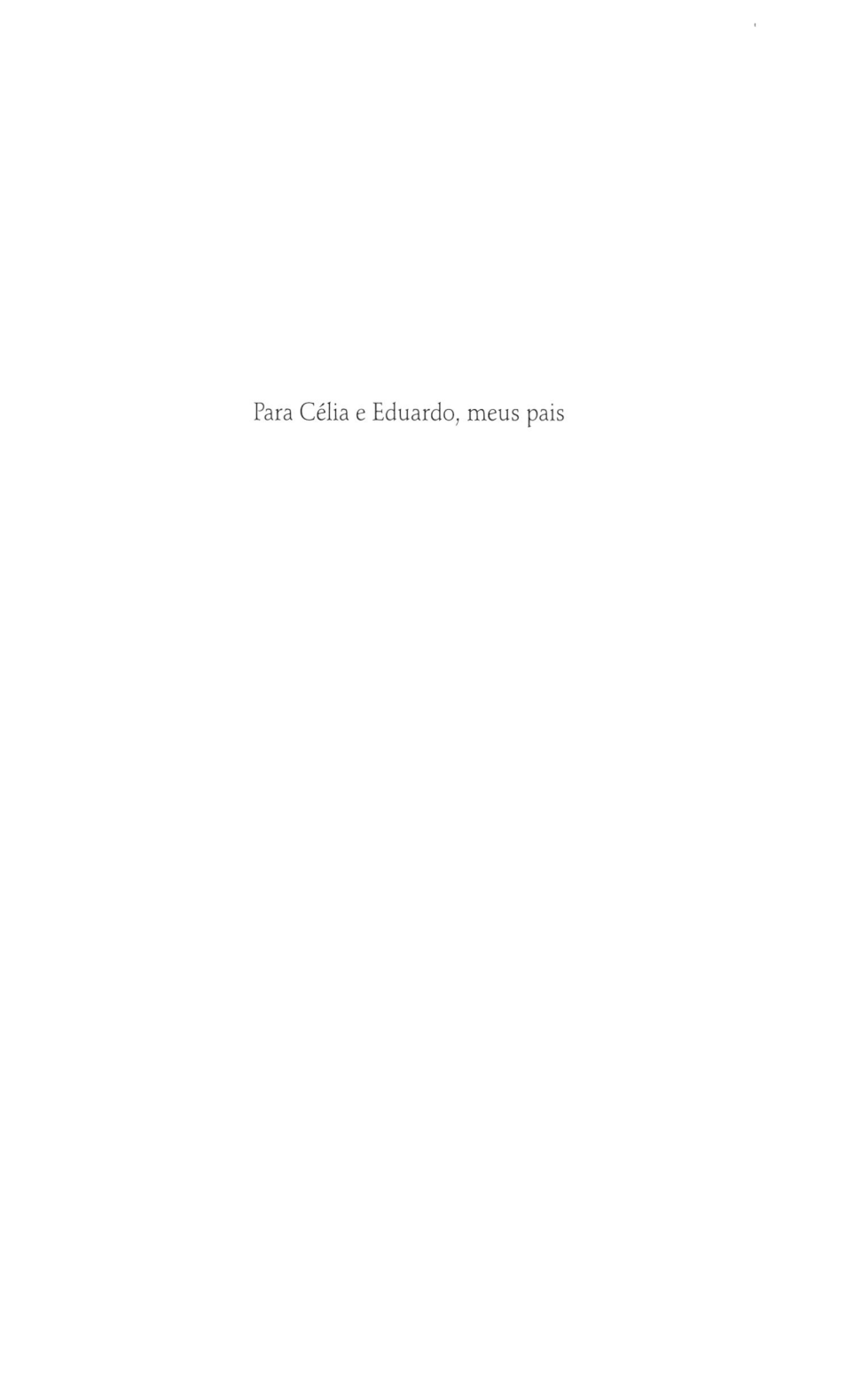

1

Agora não o sinto mais. Não sei se voltará, não tenho certeza e não quero me preocupar com isso. Agradeço a ela, mas sobretudo a Soren. Soren sou eu, aquele que conta esta estória.

Cada manhã o despertador tocava histérico até que batesse nele com o punho ou, mais raramente, o calasse com um dedo. Aquele som deveria me dar uma espécie de recarga para iniciar o dia, mas eu preferia cobrir-me até o queixo e dormir até Deus sabe quando. "Veja bem", dizia ao inconveniente relógio, "me chame quando faltar pouco, agora preciso dormir." Naquela manhã, porém, me levantei e acendi a luz de néon azul-claro do abajur, apertei os olhos e olhei as horas. Passava pouco das cinco, suspirei e dei um chute nos chinelos. Caminhava sempre descalço sobre o assoalho de casa, não tinha necessidade deles e no entanto não saíam do meu caminho.

Perturbado como um carro velho que soluça antes da partida, cheguei à cozinha e fiz um chá. Tinha que pegar um daqueles caixotes de lata que voam bem alto e não podia me atrasar, pois ele certamente não esperaria.

Através da janela percebia-se um céu sereno, a xícara entre as minhas mãos estava muito quente, e quando soprava dentro dela o vidro ficava opaco. Quase me queimava as mãos, mas era agradável sentir calor de manhã cedo. Não chovia, ao menos o tempo estava bom. Além de um pedestre que passeava sobre brancos mocassins fumando um cigarro, e uma nuvem inofensiva, nada mais chamou minha atenção.

Tomei o derradeiro gole e deixei que a cortina voltasse ao lugar.

Enquanto me penteava, reparava na desordem do banheiro, havia roupa suja por toda parte, o chão molhado, para não falar do espelho, cheio de respingos e marcas de mão. Vivia sozinho já havia anos, e o banheiro podia enfim ser a minha baderna.

Se estava me atrasando, a culpa era do botão da camisa, aquele perto do pescoço. Sempre me faz perder um tempão para no final a gravata terminar ou no bolso do paletó ou sozinha no armário. Naquela manhã, no instante exato em que consegui abotoá-lo, o interfone tocou. Desabotoei o colarinho e fui atender. Era o taxista que vinha me buscar, pontualíssimo como sempre. Sinto muito, gravata, você fica aqui.

A mala olhava-me do chão; eu com as mãos na cintura, a examinava atentamente. Se ela tivesse o dom da palavra, teria certamente me dito que estava deixando no armário os óculos para perto, que uso à noite para vista cansada. Lembrei-me a tempo e os coloquei dentro dela. Fechei tudo e saí.

O dia já havia se tornado pálido. Igual ao táxi que Martin lavava no máximo uma vez por ano, quando a carroceria começava a mudar de cor. Odiava aquele trabalho, mas era o único que sabia fazer e não tinha vontade de aprender outros. Éramos amigos de infância, vinha de vez em quando à minha casa para brincar e armar quebra-cabeças. Como ele não conseguia, queria na maioria das vezes que eu os terminasse. Começou cedo a trabalhar, gostava de dirigir e assim seguiu o exemplo do pai, que passou para ele a licença de taxista ao se aposentar, como autoriza a legislação italiana. Dizia se arrepender, porém nada de diferente havia tentado fazer. Sempre encontrava algo de que se lamentar. E não era o único.

Esperava com o porta-malas aberto, sôfrego fumava um cigarro. Ao colocar a mala, levantou-se uma poeirada que entrou direto nos meus olhos.

Disse: "Desculpe, Soren, deveria limpar, mas sabe, este ano já fiz isso duas vezes." Torci o lábio forçando um sorriso ao mesmo tempo em que esfregava o olho direito ainda incomodado pelo pó.

Martin era um tipo introvertido e minucioso. Seu carro por dentro era arrumado e bem mais limpo do que parecia por fora. Ele também era assim: não se vestia bem e usava o tempo todo roupas velhas, entretanto interiormente era diferente. Ao contrário de outros taxistas, era muito discreto e perguntava apenas o indispensável. Escutava as estações de rádio sobre o trânsito com atenção maníaca e por vezes praguejava caso alguma notícia atrapalhasse o itinerário.

A viagem fluía tão bem naquela manhã, que não parecia estar no tráfego. Aquela aparente tranquilidade jogou sobre mim todo o sono que a noite não me concedera e, por um instante, esticando braços e pernas, fechei os olhos apoiando a cabeça no encosto, tentando diminuir um pouco a tensão pelo voo. Ao me aproximar do aeroporto vi oblíquos no céu os primeiros aviões deixarem a pista de decolagem e desaparecerem entre as nuvens. Ah, meu Deus, daqui a pouco é minha vez!, pensei.

Cada vez que fechava os olhos tinha o hábito de antes ver que horas eram, sem nenhum motivo aparente, talvez quisesse ter o tempo sob controle, sobretudo quando não estivesse alerta. Não queria perder aquele voo. Marcava pouco depois das cinco.

Não pode ser, pensei. Estava parado desde que levantei da cama.

"Este relógio está certo¿", perguntei a Martin, indicando o que havia no meio do painel. "O meu esta manhã não quer saber."

Martin confirmou, de modo que regulei o meu e fiquei vigiando por cerca de um minuto. Acompanhava atento o ponteiro dos segundos. Nos relógios mecânicos, o andamento homogêneo e contínuo faz parecer o mecanismo de uma roda que gira ininterruptamente, mas é só ilusão de ótica. Os relógios mecânicos e os automáticos, como o meu, recarregam-se com o movimento do pulso, portanto não entendia por que havia parado.

O tempo teria mudado¿

Segui acompanhando o ponteiro com apreensão e medo de que parasse de repente. O relógio é um daqueles objetos de que não podia abrir mão. Não tirava nem para dormir ou tomar banho, nem mesmo para me pesar: era parte de mim, não menos importante do que outros órgãos. Tinha medo do tempo que fugia, do tempo que passa, e a ilusão de podê-lo gerir me tornava, ao menos, mais protagonista das vinte e quatro horas.

Martin de vez em quando se virava para a direita procurando-me com o olhar. O meu silêncio fizera-se ouvir.

"Agora parece que está indo", disse, indicando o relógio.

Na noite anterior voltei para casa depois de jantar com o meu tio, para preparar a mala e arrumar o que ainda faltava.

Foi possível até cerca de meia-noite, quando faltou luz.

Olhei para o lado de fora, a fim de verificar se era um problema apenas da minha residência ou de toda a rua, mas tudo parecia normal. Na casa em frente, que já pertencera a Sofia e há pouquíssimo tempo era habitada por novos inquilinos, as luzes do jardim estavam acesas e também as dos quartos. Quem sabe se a imobiliária teria alguma vez lhes dito que a ex-proprietária era uma jovem suicida? Talvez por isso foi pedido tão pouco por ela.

Terminei de colocar os últimos objetos na mala com a ajuda de uma lanterna de pilha, mas ela também, depois de alguns minutos, começou a piscar de forma intermitente e me abandonou.

"Na sua opinião, Martin, quem não quer que eu parta?"
"Do que você está falando, Soren?"
"Parece que não devo fazer esta viagem."
Martin afastou por um momento os olhos da estrada e olhou-me desorientado.
"Não se preocupe, agora já chegamos, seria vergonhoso voltar atrás."
"Meu amigo, não sei do que você está falando, mas sabe o que lhe digo? Que não me interessa nem um pouco!"
Martin começou a rir. Já eu vigiava o relógio e os aviões que desprendiam as rodas do chão.

2

O AEROPORTO FERVIA NAQUELA MANHÃ, gente que corria para cima e para baixo cada qual em uma direção, se movimentando desajeitada e apressadamente, malas colidindo sem que ninguém se desculpasse, filas intermináveis nos *check-in*, gente impaciente e nervosa por nada ou por tudo; poucos se mantinham sentados, observando aquele cenário frenético que parecia uma colmeia sobre a qual haviam acabado de jogar um balde com água.

Meu nervosismo era cada vez maior e, só de pensar que dentro de algumas horas estaria a dez mil metros de altitude, sentia náuseas. A música dos fones de ouvido até que ajudava, mas era o medo que me controlava, e é terrível quando algo que não existe pode condicioná-lo a tal ponto.

Uma senhora não muito idosa, com um penteado afro e um estranho pendente no pescoço representando uma loba, esbarrou em mim; deu-me a impressão de que tinha feito de propósito. O bilhete da passagem, que levava embaixo do braço, caiu no chão. Inclinei-me para apanhá-lo, mantendo meu olhar fixo naquele vulto imóvel e frio como mármore, esperando que pelo menos pedisse desculpas.

"Desculpe-me, senhor", entoou chateada a senhora; depois completou: "mas não vale a pena, acredite." Disse isso, parecendo desanimada, com um semblante de renúncia.

"Perdão, como disse?", perguntei ainda inclinado, enquanto pegava o bilhete.

A senhora, de pele escura, com passo ágil, já se fora batendo em retirada. Eu a via de longe, seguindo o fluxo da multidão em direção à saída. "Ei!", eu disse em voz alta. Na ponta dos pés, tentava com olhar convulso encontrar a senhora com cabeleira afro. Tinha um copo de angústia acumulada nas últimas horas, e aquela senhora havia justamente acabado de enchê-lo.

Não era o melhor momento para brincadeiras premonitórias.

Mas o que poderia ter feito? Dar ouvidos às palavras de uma total desconhecida e voltar atrás? Estava de fato aborrecida comigo ou era simplesmente louca?

Eu precisava ir embora de Roma, cidade que havia se tornado para mim um vale de perdição; devia enfrentar o amanhã sem permanecer no quarto com a porta trancada, como vinha fazendo há demasiado tempo, trabalhando feito uma mula sem saber por quê. A tentação era forte; teria jogado fora a passagem aérea e voltado correndo para casa, sereno, sem preocupações e problemas a enfrentar, como fizera antes. Teria me fechado em casa escutando música, lendo livros, e sairia à sacada só quando precisasse recolher roupas secas, ou quando, para não impregnar as cortinas, fosse fumar do lado de fora.

O medo aumentava, sentia-me perdido naquele aeroporto, todas aquelas pessoas que corriam à minha volta aumentavam a desordem e a insegurança mental. Estava desorientado, abandonado no caos daquele lugar inóspito. Sentado no salão de embarque, palmas das mãos no rosto, tentava alienar-me de tudo e de todos. Senti a mão que se apoiava em meu ombro direito e, de tão absorto, tremi ao contato.

"Oi!", exclamou uma garota, "O que o traz aqui?"

"Laura?! E você, o que faz aqui?", disse surpreso, ao mesmo tempo em que tirava os fones de ouvido. Tocava Chopin naquele instante, e não fiquei contente em interromper. A música vinha antes das conversas fiadas.

"Estou indo para Dublin, me designaram para um trabalho, te liguei para contar, mas você sumiu..."

Expliquei-lhe por alto que também estava indo para lá, tinha marcado a viagem sem dizer nada a ninguém, não fora de propósito, mas queria ficar sozinho.

Estava confuso com a sua presença, nada tinha conseguido me distrair, nem mesmo Chopin.

Fiz uma careta, depois peguei sua mão e a apertei com força entre as minhas, quase machucando. Olhamo-nos em silêncio, então ela apoiou sua outra mão delicadamente, como se estivesse incandescente, sobre a minha.

Percebeu logo que eu não estava com disposição para falar. Ela conhecia meus lados obscuros e os respeitava, nunca era invasiva, e jamais transpunha a cerca que havia erguido entre mim e o meu âmago.

Havia fronteiras, fronteiras que nem eu próprio tinha coragem de ultrapassar, quanto mais falar sobre.

Já a conhecia, há bastante tempo éramos mais do que irmãos, às vezes bastava um suspiro, um olhar, um tom diferente, para nos entendermos.

"De novo o medo de voar, hein?", falou, com o tom de quem quer desdramatizar, enquanto com o polegar acariciava-me o lado ossudo da mão.

Afastei dela o olhar e, indicando o vazio, disse, suavemente: "Pode ser que desta vez haja algo mais..."

Não entendeu bem o sentido da frase, deixou passar, associando o dito a um copo d'água derramado sem querer na roupa.

Comecei a sentir seu perfume, cada vez mais intenso, como o sol que abre caminho para aparecer entre as nuvens de um céu nublado de agosto, enchi dele meus pulmões e prendi a respiração, desejando que fosse o único cheiro naquele aeroporto.

Sua presença estava me protegendo da tempestade que se abatia raivosa sobre mim, enquanto a tentação de escapar ainda me empurrava.

Coloquei-me naquele abrigo e me fechei em seu interior até a chegada da aeromoça, loura, de salto alto vermelho, que chamava para o embarque.

"Ei, pode soltar minha mão porque preciso pegar o cartão de embarque?"

Hesitei por um momento, fingindo que não. O humor não era o meu forte. Ela me deu um beijo, e senti seu batom pegajoso grudar na bochecha.

"Estou contente de fazer a viagem com você, nunca teria imaginado."
Eu também estava feliz, mas fiquei calado.
"Eu, de minha parte, estou contente que você esteja aqui; queria que você estivesse aqui", pensei melhor e lhe falei.

Lembro tão bem o encontro com a senhora negra que, só em pensar, me dói o cotovelo do braço que levou a esbarrada, fazendo-me voltar àquela manhã, que desde cedo me pregava peças inconvenientes.

Aparentemente, tudo voltava à normalidade, mas uma estranha agitação me incomodava, tinha aquela sensação de quando você sabe que vai chover, mas a chuva demora a chegar: não me dava conta de para onde estava indo, do que estava fugindo.

Levantei-me inseguro e andei em direção à aeromoça, entreguei também meu cartão de embarque, enquanto Laura, diante de mim, no túnel que levava ao avião, lançou-me um olhar encorajador. Fiquei olhando para ela com um falso sorriso no rosto, pensando se estava realmente fazendo o melhor. Mas não podia ser de outro modo, não acreditava nas coincidências que, ultimamente, estavam acontecendo com frequência acima do comum. A aeromoça desejou-me uma boa viagem, respondi-lhe "tomara". Recoloquei Chopin em seu lugar e alcancei Laura dentro daquela caixa de lata, cheia de janelinhas minúsculas em sequência. Tínhamos poltronas vizinhas.

3

Eleonora, minha mãe, acordava antes de todo mundo e, depois do café, começava pontualmente às seis a faxina da casa.

Ainda que tudo estivesse brilhando, ela não deixava de ver sujeira. Do jeito que falava, aquela pobre casa devia parecer abandonada e imunda; mas em todos os dias estava igualmente limpa.

Não trabalhava, se é que dona de casa pode não ser considerado um trabalho, e é claro exercia o árduo ofício de mãe. Não que não soubesse fazê-lo, ao contrário, mas é o ofício de mãe em si que é difícil.

Não sei se algum dia teve vontade de fazer algo mais, ela não parava para pensar nisso.

Antes de passar o aspirador, delicadamente encostava-se na porta do quarto, meu e de meu irmão, tomando cuidado para que não rangesse.

No entanto, algum ruído fazia de qualquer jeito. Culpa daquelas dobradiças enferrujadas. Antes de fechá-la inteiramente, continuava com o olho fixo no beliche, até que a porta lhe impedisse a visão.

Eu dormia na cama de cima, era mais velho, diziam, mas nunca entendi o que isso tinha a ver. Dormia agarrado com o travesseiro, abraçando-o como se fosse humano. Não podia deixar de ouvir, devido àquele ritual, a mamãe me acordar às sete para ir à escola.

O barulho abafado do aspirador, em meio àquela sonolência, me relaxava mais, tornando o despertar mais gostoso e prolongado. Assim que o ouvia, apertava o travesseiro, como se o quisesse proteger, e esticava pernas e pés. Por isso adorava as férias de Natal, aquele pequeno intervalo de quinze dias, quando podia me levantar com calma, preguiçosamente.

Associava-o ao barulho do vento, adoro o barulho do vento, e mais ainda o do secador de cabelo, com o qual experimentava um alívio incomparável. O secador sem dúvida ganhava do aspirador, sem nem precisar entrar em campo e jogar.

Permanecia sentado na banheira secando os cabelos bem devagar, até que mamãe entrava, arrancava-o das minhas mãos, dava uma última passada e o recolocava na prateleira do alto. Colocava sempre mal e, cada vez que abríamos a portinha daquele armário, o secador não se fazia de rogado e voava na cara da gente.

"Pode-se saber em que você fica pensando? Qualquer dia vai acabar grudado nisso!"

Pensava em tudo. Imagens passavam diante de mim como diapositivos, e logo que uma chamava minha atenção, colocava em pausa e dela desfrutava.

Às vezes chegava tão longe, que brincava de querer reconstituir o percurso de onde estava até o ponto de partida. Fazia muito esse jogo: dizia ao acaso o nome de um objeto e, através de associações, na maioria estrambólicas, chegava a outros.

Um fio lógico, porém, devia sempre haver. Essa era a regra. Carro esportivo. O tio tem um. O tio joga pôquer. Odeio os jogos de cartas. Quando eles jogam baralho, fico olhando a cristaleira da vovó. Nela tem um abridor de cartas de marfim antiquíssimo e o vovô se zanga assim que o pego. A barba do vovô cheira a cachimbo.

Desse modo, com a mente livre e o olhar perdido, navegava suspenso sobre as ondas do secador, soltando a trela da fantasia. E depois: como foi que cheguei ao cachimbo do vovô? E assim, a partir do cachimbo, procurava reconstituir o raciocínio de volta, como quando se rebobina uma fita de vídeo e se veem as imagens correrem ao contrário na TV. Deixava-me ficar sentado na banheira, com o secador ligado que fazia esvoaçar meus cabelos, até que encontrasse o fio da meada.

A professora dizia sempre o mesmo para mim e minha mãe: você é bom, mas não se aplica. Era uma boa professora, mas nunca entendi bem o que esperava de mim, vinha com umas conversas estranhas, não sei se tinha me confundido com um menino prodígio ou sabe-se lá o quê. Eu era como os outros, não tinha nenhuma capacidade especial, portanto não entendia a razão de tantas atenções.

O problema talvez fosse a minha cabeça, que vagava demais, ia aonde quisesse e não seguia os esquemas nem da professora, nem dos livros, nem de ninguém. Quando me interessava por alguma coisa, realizava-a com capricho, mas era raro que coincidisse com os deveres de casa e as aulas da escola.

E mamãe se preocupava, porque mesmo tendo certo conhecimento, os resultados não eram sempre favoráveis.

"Você não pode se aplicar apenas no que gosta. Quando for ao liceu vai ser o primeiro a ser reprovado, se insistir em agir assim."

Enquanto um problema não parasse bem na minha frente, fingia não estar vendo.

Os degraus do beliche eram frios, e no inverno quando precisava apoiar os pés para descer, era terrível, a parte mais desagradável de começar o dia. Muitas vezes passava por cima, segurava-me na barra de metal protetora, e me jogava lá embaixo bem em cima dos chinelos. Requeria um bom gasto de energia e concentração, o que não era fácil fazer, sobretudo de manhã cedo.

Ao sair do quarto, ajeitava o cobertor de Carlo. À noite ele não parava um segundo e acordava completamente descoberto. Tomava cuidado com o fio do aspirador, que serpenteava em meio ao corredor e ia para a cozinha.

Nunca tomava café da manhã, e quando o fazia era para não ouvir o sermão da mamãe. O pacto era que não tivesse leite na xícara, um chá quente podia ser.

Não gostava de leite. Tanto que um dia, em uma redação na sala de aula, escrevi que, se tinha ficado estranho daquele jeito, era culpa do leite que os recém-nascidos são obrigados a tomar nos primeiros meses. A professora se preocupava quando eu escrevia composições desse gênero e começava a ladainha habitual.

Minha mãe, da primeira vez em que leu, mais do que surpresa, ficou apavorada. "Mas como te vêm em mente certas ideias¿ Não pode fazer redações normais como as dos seus colegas¿"

Para mim era normal.

Mamãe não se dava conta, mas tratava-me como um menino diferente; eu percebia, ficava tímido, mas não dizia nada, não sabia como me comportar, porque era assim, não fazia nada que não fosse espontâneo. Não tinha nada de construído, não queria ser engenheiro.

Com sete anos, Eleonora levou-me pela primeira vez a um psicólogo, preocupada porque à noite, antes de adormecer, eu batia com a cabeça no travesseiro.

O psicólogo, também pediatra, não deu a menor importância àquilo, tranquilizou-a, explicando que cada criança tem o seu modo de ser ninada e, mesmo sendo estranho, aquele era o meu e não havia nenhum mal nisso.

O médico não entendia por que, com tantos loucos por aí, continuavam a chegar a ele pacientes considerados sãos.

"De resto é um menino normal, mas..." O psicólogo a interrompeu, levantando a mão.

"Soren, me deixa falar sozinho com a mamãe dois minutos?"

Levantei-me e saí, sem recolocar sobre a escrivaninha a caneta que passava entre as mãos.

Não consegui ouvir bem o que disseram, a porta era espessa, mas poderia especular: "Senhora, ainda que seu filho não lhe diga nada, não é porque não entende, mas simplesmente porque não presta atenção. Soren é um garoto profundo. Se muitos meninos na idade dele extravasam correndo e suando, ele se desafoga fazendo correr não as pernas, mas o pensamento. Apenas isso. Repito-lhe que seu filho é normalíssimo, mesmo se não joga futebol com seus amiguinhos, escuta música clássica e bate a cabeça no travesseiro. A senhora me disse que perdeu seu marido faz pouco tempo, não foi?" Mamãe teria demorado a responder que sim. "Não preciso lhe explicar o quanto a figura do pai é importante, e Soren é um menino muito sensível. E fique tranquila, pois sofre tanto quanto a senhora, só que não diz. E agora, por mais que seja contra os meus interesses, não quero tornar a vê-la aqui." Aí está, com certeza, algo do tipo que disseram.

Ao sair, o doutor cumprimentou-me, passando a mão nos meus cabelos como a me transmitir confiança, enquanto eu, com a cabeça virada para cima, olhava-o curioso. Por um momento colocou-se de joelhos, ficando da minha altura, deu-me um tapinha na bochecha, despediu-se e desejou-me boa sorte.

Fui tomado por um hálito pestilento, e pensei sobre o que poderia tê-lo provocado. Seria o fato de tanto falar com seus pacientes a causa daquele pobre homem ter um bafo inconveniente? Tomara que pelo menos não dissesse coisas desagradáveis de ouvir.

Assim que ele se levantou, para se despedir de mamãe, enfiei-lhe um chiclete no bolso da camisa.

Nos dias que se seguiam ao boletim do quadrimestre, havia em casa uma tensão que se podia cortar com faca cega. Mamãe também a intuía, mas deixava-a suspensa no ar, esperava que me desse conta primeiro; mas essa satisfação eu não lhe dava. Percebia aquele ar pesado, captava os olhares e as palavras de Eleonora como alfinetadas que perfuravam o ar.

Felizmente meu irmão rompia aquela artificialidade com alguma brincadeira, não tinha papas na língua e era capaz de fazer mamãe rir até quando estava roxa de raiva.

Carlo era muito diferente de mim, era extravagante, embora sempre tivesse a impressão de que se comportava assim para esconder o que havia por trás. No entanto, nunca compreendi o quê. Era impulsivo, mas um impulsivo estudado, a todo instante preparando seu egotismo que queria emergir.

Nós nos dávamos bem, ainda que tivéssemos mais de três anos de diferença, o que não era pouco naquela faixa etária: eu acabara de completar nove e ele não tinha apagado as seis velinhas.

Vittorio, meu pai, morrera muitos anos antes em um acidente aéreo, foi o que me disseram. Havia sido um homem trabalhador e com o suor do rosto tinha conseguido acumular um razoável patrimônio. Além disso, a seguradora da companhia aérea pagara uma substancial indenização em espécie às famílias das vítimas. Mamãe depois veio a me dar aquele dinheiro.

O tempo passava e nas fotos das festas de aniversário, atrás do bolo, éramos sempre em três e nunca em quatro, e ano a ano tornava-se mais concreto que algo faltava.

Papai, que me lembre, ficava pouco em casa, trabalhava o dia todo e frequentemente ia ao exterior, onde chegava a permanecer por semanas, às vezes meses. Nunca deixou faltar nada à família, e o motivo de tanto trabalho e tanto suor era exatamente aquele, já que consigo não gastava quase nada. Era uma pessoa taciturna, falava somente o necessário, apenas com sua esposa falava até do supérfluo, a mulher que realmente o compreendeu, na saúde e na doença, como um acordo inegociável.

Toda noite Eleonora estendia a mão esperando encontrar a de seu marido. Aquela mão não mais existia. E, apesar disso, continuava a fazer o mesmo gesto, fechando-a como se estivesse apertando a dele. Para mamãe foi sem dúvida o mais duro de engolir. Na verdade, ela nunca conseguiu aceitar essa ausência inaceitável.

Meu irmão era pequeno quando nosso pai se foi, mamãe continuava a enganá-lo, dizia-lhe que havia partido para uma das tantas viagens e logo estaria de volta.

Então, um dia, levou-o à varanda e lhe indicou o céu. Era esperto. Naquela idade consegue-se entender muito sem a necessidade de raciocínios mirabolantes. Se tudo fosse mais simples, muitos problemas não existiriam.

Nunca tive o luxo de poder estar, de vez em quando, sozinho em casa. Mamãe era caseira. E limpava, limpava, limpava, talvez para ocupar o seu vazio.

Enquanto jogava xadrez no computador, o único jogo que papai teve tempo de me ensinar, meu irmão se divertia me chateando, até que me obrigava a levantar e lhe dedicar a atenção que procurava. Podia brincar com tudo, mas não com aquele relógio. Tinha sido presente do papai, e quando não o achava em seu lugar ficava irascível. Era grande, mesmo com a pulseira fechada a mão passava, guardava-o para quando eu fosse maior, e não via a hora de colocá-lo sem que ficasse largo.

De vez em quando encontrava meu irmão brincando com ele junto a todos os seus bonecos, na cama da mamãe, e quando entrava me olhava com cara de malandro e tinha ousadia de me perguntar se podíamos brincar.

"Carlo, quer parar de mexer no que é meu?"

4

Procuro viajar de avião o menos possível. Sou acometido por uma claustrofobia inimaginável. Parece que estou preso em uma câmara hiperbárica. Não poder controlar uma situação de perigo me deixa inquieto.

Enquanto me ajeitava na poltrona, notava as caras das pessoas já sentadas, relaxadas como se estivessem em um ônibus. A tranquilidade que eles transmitiam e a música de Chopin tocada no meu fone aliviaram a espera da decolagem.

Durante a viagem, de vez em quando arriscava olhar para fora por aquelas janelinhas blindadas que mais parecem covas e me via perdido no céu entre uma nuvem, uma corrente de ar, sentida porque provocava leve turbulência na aeronave.

"Ontem liguei para você, a fim de lhe dar os parabéns, e você nem me atendeu."

Havia um rumor indistinto, e a sua voz despontou entre tantas.

"Você sabe que não queria falar com ninguém, estava na casa do meu tio e tinha deixado todos os telefones em casa. Festejei ali."

"E você chama isso de festejar? Qual é! Fazer trinta anos é importante!"

Laura gostava daquelas festas transbordando de gente com música alta, mas desprovidas da mais primitiva comunicação. Para mim esses eventos não significavam realmente nada: provavelmente se meu tio não tivesse me convidado para tomar um drinque em sua casa, até eu teria esquecido o meu aniversário.

"Posso chamar a aeromoça, pedimos um pouco de champanhe e festejamos agora, o que acha?", disse em voz baixa.

"Mas em avião não servem champanhe, ficou doido?"

Sacudiu os ombros e depois sorriu, esqueci de novo por alguns minutos que estava em um avião. Morria de vontade de sair daquela aeronave. Quando pousássemos, os pensamentos finalmente retornariam sem o obstáculo da pressurização.

Olhava para Laura e teria gostado de lhe agradecer e depois abraçá-la forte, sem motivo, simplesmente porque lhe queria bem, e ela não sabia o quanto a sua presença havia tornado mais leve a viagem. Mas achei que não me entenderia. Por isso deixei pra lá. Talvez fosse estupidez, quem sabe presunção, mas deixei pra lá. Às vezes ela era fria em retribuir sentimentos, e eu não queria arriscar que fosse assim daquela vez. Não teria condições de absorver naquele momento uma possível indiferença dela.

Quando Laura estava diante do espelho e colocava rímel nos cílios, mantinha a boca entreaberta como se estivesse espantada com uma visão surpreendente, enquanto com a mão direita prosseguia com aquele movimento mecânico e lento pelo qual os cílios, pouco a pouco, tornam-se cada vez mais escuros e espessos. O resto do corpo ficava rígido, a mão era a única a se mover, delicadamente, como a de um pintor. Um gesto vagaroso e firme.

Também eu permanecia imóvel, parado a olhar para ela, até mesmo com a boca entreaberta, relaxado pela concentração que emanava, enquanto pensava por que precisava maquiar aqueles expressivos olhos. Eram muito mais bonitos ao natural, simples e vivos sem a ajuda daquela porcaria grudenta.

Assim que acabava, descongelava aquela posição, como em um filme após a pausa, rompendo o encantamento e o silêncio criados, fazendo barulho com os pés e movendo sua imagem refletida no espelho. Depois fechava a boca e piscava para controlar se a maquiagem não estava borrada e se a tinha deixado bonita. Por fim, pegava o secador e começava a ajeitar os cabelos.

Sentado na banheira, deixava-me hipnotizar por aquele som; com os olhos fechados procurava me inclinar para trás e inspirar o perfume dos seus cabelos, revoltos por aquele jato de ar quente que os ondulava como os tentáculos sinuosos de uma medusa.

Com Laura passei grande parte da minha adolescência, compartilhando amores, brigas e problemas. Convivemos inicialmente só de manhã, depois também à tarde e muitas vezes à noite.

Não era muito alta, apenas o suficiente para pegar os pacotes de massa no armário de sua cozinha.

Por um período foi minha namorada. Propriamente não era, mas quando me perguntavam eu respondia que sim. Não podíamos ficar juntos, éramos diferentes demais, ou talvez bastante iguais. Havia um sentimento forte, em mim, nela, e nós não o refreamos. Não há feito mais tolo do que reprimir um sentimento com a razão. É como dizer que a razão tem sempre razão.

Aquela intimidade estendida, aquele dever institucional de um em relação ao outro, tornou impossível que a estória pudesse desembocar em uma situação positiva. Sobre diversas questões não concordávamos absolutamente. A partir do nosso primeiro beijo criou-se uma conjuntura absurda, como se tivéssemos algemas, e a cada movimento meu devia coincidir um dela, às vezes igual, às vezes contrário. E não queria isso. No entanto, gostava muito dela.

Era tão de lua que mudava de humor em poucos minutos, uma instabilidade repentina semelhante a um cúmulonimbo. Ela era assim, discutir sobre isso seria inútil, e tentar mudá-la seria de uma presunção clerical.

"Eu preciso de estabilidade", dizia-lhe sempre, "você não consegue me dar. Preciso de um céu sereno, ou se nebuloso, pelo menos que se saiba desde a manhã."

Ela adorava a vida mundana, eu preferia qualquer outra coisa, e na maioria das vezes a minha recusa era pretexto para briga. "Por que temos que sair de qualquer jeito no sábado?", e ela me respondia: "Porque todo mundo faz assim." "E quem conhece esse todo mundo?", e ela não mais respondia e saía batendo a porta.

Sempre precisei dos meus espaços, certa disso, fingia esquecer; repetidamente invadia a fronteira que não devia ultrapassar.

Deixamo-nos levar, é assim que se diz, após muito tempo, tempo demais, estávamos mal, mas permanecíamos juntos. Até chegar ao rompimento por iniciativa dela. No início do afastamento foi uma libertação, mas quanto mais o tempo passava, mais se agigantava a importância da sua presença em minha vida.

Assim, um dia na cama, pensava nela, se estaria mudada, se mantinha os cabelos pretos, se conseguira aquele diploma em jornalismo e se de vez em quando pensava em mim. Havia largado o conservatório tinha pouco tempo. Então telefonei e lhe perguntei. Não me apercebi de ter ficado pendurado no telefone por mais de três horas, a não ser quando li no mostrador antes de desligar. Sabia fazer o tempo correr. Nisso era bem-sucedido, tanto quanto Glenn Gould, com seu piano.

Foi como se aquele intervalo tivesse recomposto a sintonia e a cumplicidade que havia antes. Tínhamos sido quase capazes de destruir uma relação criada ao longo dos anos, somente pela avidez de querer criar duas pessoas numa só.

Triste dizer, romântico talvez, mas não podia prescindir dela, Laura era uma das quatro cordas do violino, e sem ela a música era diferente, não era música.

Tinha um namorado agora, dizia que era feliz, mas pela maneira como falava, parecia tentar convencer mais a ela mesma do que a mim. Não havia mudado nada. Ainda tinha os cabelos escuros, que havia cortado ligeiramente, o que lhe conferia um aspecto mais cuidado e elegante. No avião os mantinha amarrados, para não suar o pescoço. Provavelmente havíamos sempre pensado de modo parecido, apenas víamos de pontos de vista diferentes.

Mudei de cidade porque a minha começava a ficar apertada.

Nunca antes visitara Dublin, mas algo me dizia que podia dar-me aquilo que procurava naquele momento, e esperava encontrar, pelo que sabia dos relatos de James Joyce.

Tinha alugado um pequeno apartamento, ou uma casinha, não sabia exatamente o que era, minha secretária havia se ocupado disso, de qualquer forma era perto do centro. Dublin é uma cidade pequena, é possível rodá-la toda a pé sem comprometer as pernas.

Laura tinha um compromisso de trabalho naquela tarde e nos despedimos no aeroporto. Acertamos de nos falar para combinar o jantar. Ela devia ir a um lugar um pouco fora de Dublin. Fui eu quem falei com o primeiro taxista disponível, pois ela estava tímida e o seu inglês certamente não ajudava.

Por sua vez, o taxista que me levou do aeroporto ao centro da cidade era mais taciturno do que Martin, guiava distraído como se conhecesse aquele caminho tão bem a ponto de conseguir percorrê-lo de olhos fechados. Então, cansado da sua maneira de dirigir, ao reconhecer a rua principal, mandei-o parar, paguei e, antes que me desse o troco, peguei a pequena mala e saí ao encontro da cidade.

Inspirava aquele novo ar, gélido e pouco úmido, e assim que vi a histórica loja de cachimbos, entrei. Peguei um com a boquilha de âmbar e um fumo fresco local que me foi recomendado pelo gerente. Não fumava cachimbo com muita frequência; mas Dublin e aquele frio combinavam com tabaco. Já em casa, sentei em uma cadeira para poder contemplar. Do lado de fora uma árvore tremia de frio, a janela lentamente se embaçava com a respiração, o fundo do cachimbo queimava devagar o fumo que brilhava vermelho escuro quando se aspirava, e as folhas de tabaco queimando criavam um crepitar sutil como o de folhas secas pisadas, enquanto os olhos dilatados, imóveis, encantavam-se com um detalhe irrelevante da janela.

A casa era exatamente como eu esperava: clássica, estrutura típica das moradias irlandesas.

A porta de fora era de madeira maciça, vermelha. Outra um pouco mais adiante, azul. A casa projetava-se sobre dois pavimentos: um térreo, maior, e outro acima, com os quartos. Havia correntes de ar por toda parte, distribuídas de modo estratégico para fazer pensar que do lado de fora se armava uma tempestade. Era muito desagradável, lúgubre demais, desejei que, à noite, com as janelas fechadas, não mais se fizessem sentir.

Respirava-se um cheiro de coisa fechada, um aroma impregnado de poeira estagnada e estofado velho, a madeira antiga e rústica do piso rangia a cada passo, como se as tábuas não estivessem presas. A mobília era escassa, a escada que levava ao andar de cima também era de madeira que rangia; subindo por ela tinha-se a impressão de que a escada inteira, de um momento a outro, iria ceder. A primeira vez que subi, diverti-me tentando fazer com que não rangesse, precisei de quase dez minutos. No andar de cima, o quarto e um pequeno banheiro transmitiam uma agradável sensação à primeira vista, uma estranha luz vinha da claraboia do banheiro, colocada no teto que dava para o telhado da casa.

O quarto hospedava aquela que seria a minha cama. Uma bela cama de casal. Experimentei o colchão para sentir se não era macio demais e constatei surpreso que não.

Era um quarto acolhedor e quente, uma enorme janela espalhava-se larga e dava para um lugar extremamente simples, mas incrivelmente encantador. Uma viela de tijolinhos retangulares organizados e cercados por um gramado inglês dividia um conjunto de casinhas, todas com a frente voltada para a própria rua, de tal forma que parecia ter sido desenhada por um pintor holandês do século XVII. Em fila e em coluna por toda aquela ruela estava uma série de postes com lampiões, prontos a acender assim que a mosca cedesse à mariposa.

E no entanto poderia apostar que ninguém antes de mim havia prestado atenção naquela vista; a sua desmedida simplicidade caía no banal, e o olho não captava o fascínio que deveria recolher.

Eu havia chamado intimamente aquela viela de *a ruazinha de tijolos e postes cafonas*, aquele quadro dinâmico, protagonista indiscutível do quarto de dormir.

Posicionada abaixo da janela, uma escrivaninha de faia, cansada e velha, resmungou quando apoiei sobre ela a mala; deveria ter mais de cem anos. Uma escrivaninha de antiquário, pensei, maravilhado com o objeto.

Claro que se houvesse ali um piano, de preferência antigo, seria fantástico, quem sabe que música nasceria daquela vista? Era perfeita para um escritor aquela posição, o que não valia para mim.

Quanto tempo tinha perdido na vida... Havia um período no qual não lamentava nada daquilo que fizera, e agora me encontrava no extremo oposto, perguntando-me com insistência se aquilo que estava fazendo era realmente da minha natureza, ou se não tinha errado outra vez ao ler as cartas.

O meu temperamento não raramente me atirava em um estado de solidão e tristeza, e bastava pensar em realizar atividades naturais, como comer, beber ou urinar, para aniquilar-me. Uma sensação em especial aparecia, parece loucura dizer isso. Nos momentos em que estava radiante e feliz, despreocupado e relaxado, era como se uma força obscura, um hóspede incômodo dentro de mim de repente acordasse, e jogasse sobre mim um balde d'água fria para me lembrar de não me deixar tomar demais pelo entusiasmo. E nem sequer tinha começado a aproveitar, já pensava no depois.

Vivia bastante ansioso. Como alguém que espera um telefonema, mas evita atender, apura os ouvidos e, suspenso no ar, aguarda que pare de tocar.

O que estava esperando ainda não havia descoberto.

A ansiedade é um dos estados naturais do homem. Chegara à conclusão de que se à noite não dormia era porque pensava que não conseguiria adormecer, disseram-me que a ânsia é criada por nós mesmos, mas isso não ajudou a resolver o problema. Tentava não me deixar subjugar, mas eram batalhas épicas. O encontro com muitos lados de mim jamais foi amigável.

Possuía uma carapaça frágil, repleta de buracos pelos quais medos e ansiedades enfiavam-se facilmente.

À noite tudo acontecia. A angústia começava a me assaltar. Covarde, porque de noite somos mais frágeis, e ela se aproveitava. Repentinamente, como personagem de um livro de Lewis Carroll, sentado na cama, com o coração batendo na garganta, pensava no que estava me acontecendo, e a mente ia embora, para lá onde os medos têm sua sede, e desde o começo dos tempos são sempre iguais, idênticos para cada homem e geração. Não compreendia o medo, intuía somente.

Ter medo é como beber, amar, dormir, pensar, agitar-se, tossir, renunciar, correr, lutar. Procurava convencer-me de que estava tudo normal, que aquela sensação não era patológica.

O medo de morrer, provavelmente, é o rei de todos, o que nos move; o medo do escuro é o de não ver, e o de não ser protagonista da visão; o medo dos ladrões é o de encontrar a escuridão, ou seja, alguém que não se conhece e que por si só é mau. Todos os medos têm o mesmo gene em comum: a angústia de não saber o que há depois. A morte é o depois, e o além pode existir ou não, mas inevitavelmente haverá um tempo durante o qual os olhos permanecerão fechados.

Quando, porém, ficava livre desses estados, me achava mais do que convencido que da próxima vez seria mais forte. Mas isso não acontecia, parecia um outro eu, aquele dos bons propósitos, seguro da vitória. Era esse o cadeado que não conseguia destravar, tão enferrujado em suas engrenagens. A teoria e a prática nesse aspecto nunca se deram muito bem, e eu não era exceção. Como é possível saber o que se deve fazer e continuar a não fazê-lo?

Sei que é nocivo, perdia constantemente a confiança em mim mesmo, não confiava mais nem na evidência daquilo que via.

Noites e dias passados escavando as profundezas procurando uma solução, que na verdade não existia. Então, procurava a ilusão da solução.

Quando pequeno, durante o catecismo, perguntei ao padre se ele realmente acreditava na Bíblia, respondeu-me como nunca teria imaginado.

"Respondo com outra pergunta, caro Soren, por que motivo você deveria não acreditar?"

Olhei-o sem responder e ele prosseguiu: "Você vê, Soren, a esta pergunta ninguém encontra jamais a resposta, e sabe por quê? Porque não há!", disse, rindo sozinho, entre a barba e os óculos. Foi uma risada gostosa, e comecei a rir também, divertido com seu rosto engraçado.

"Crer é sinônimo de pensar, refletir, e daquilo de que mais gosto: imaginar. Você imagina que na sua vida, quando acabar as baterias, o depois não será escuro, mais luz, menos não preto, mais branco. E não descuide disso, pois pode imaginar o Éden, como o Monte Olimpo, como o Valhala, porque de qualquer jeito é sempre o mesmo Deus."

Escutei-o atento, e quando terminou sua fala, me senti desorientado e confuso, tanto que aquele padre (não lembro como se chamava, mas tinha um nome francês) tocou meu ombro e acrescentou: "Ei, não me diga que o convenci? No fim das contas trata-se apenas de sonhar, e quem não sonha? Todos sonhamos, e em todas as noites! Sonhamos como comemos, bebemos e cantamos."

Aquele valioso ensinamento de simplicidade, paganismo e fé misturados a tanta humanidade mexeu comigo e, por um momento, me senti exaurido, porque basta um nada para se perder aquela mínima segurança que se supõe ter.

Depois que Carlo desapareceu, tudo aquilo em que acreditava e as palavras do padre, já longínquas, assumiram uma cor sombria e recaí na espiral das mil perguntas sem respostas. Fred, um amigo meu estudioso de filosofia, talvez o meu amigo mais querido, procurava me consolar dizendo que em teologia existem simplesmente inúmeras perguntas e que as respostas são dadas por aqueles que propuseram as questões. Como a dizer que existem unicamente perguntas e não respostas. Não me consolava tudo isso. Ele quando o dizia era feliz, mas no fundo não lhe importava absolutamente nada. Conseguia despreocupar-se, e como o invejava por isto!

Talvez o medo me lembrasse simplesmente de que naquele momento eu existia, estava vivo, era um modo de sentir aquela presença. Somos todos, no fundo, um pouco masoquistas.

Gosto de escutar uma canção triste, porque cria em mim aquele aperto no estômago e me transporta à emoção vivida, e, apesar de dolorosa, a lembrança é única e irreproduzível, haverá outras tão fortes quanto ela, mas nunca iguais.

Pensava em quanto somos diferentes e complicados, talvez similares nos gostos, nos modos, nas paixões, mas nunca clones de algum outro. Somos números que do zero avançam até o infinito, sem nunca se repetir, cada um diferente, ainda que tenham um algarismo em comum. E é graças àquele algarismo que nos entendemos.

Continuava a divagar, enquanto isso o tempo passava. Estava sentado na beirada da cama, vestido com o sobretudo e a cabeça não sei precisamente onde.

Quantas dúvidas e explicações seriam necessárias... Tenho o direito de saber, é inata esta curiosidade, há quem não esteja condenado a pensar nisso, mas poderia apostar que até Jesus Cristo pensou escondido, por um instante, no que existe depois da morte.

Eu também queria acreditar, mas me dava conta de que o fazia apenas por conveniência. Voltava à escuridão, e então crer parecia ser a única ilusão ideal para tirar o peso das costas. Quando meu irmão fugiu de casa, para mim ficou mais escuro, e após ter perdido também minha mãe, despedaçou-se definitivamente o tronco que me sustentava à árvore. Caí sozinho, um galho seco sobre um prado novo.

5

Notava agora o carpete que revestia inteiramente o quarto, era macio e espesso; escondia a cada passo os meus pés descalços. Eram gostosas aquelas cócegas. Pela janela, a cidade mostrava-se pálida. Havia levado comigo um oboé, que tinha estudado no conservatório como segundo instrumento. Papai começou a me ensinar a tocar os instrumentos de sopro e, entre todos os de lingueta dupla, esse era o único que, quando tocava, conseguia fazer-me fechar os olhos. Mas não podia cantarolar, por motivo óbvio, enquanto tocava, e isso me chateava. Um relâmpago e um trovão. Depois a chuva. O temporal para mim era uma ocasião para lavar a seco as minhas dúvidas. Nesse particular ajudavam-me os relâmpagos com suas luzes ofuscantes. Chovia forte, chuva de vento, as correntes de ar eram agudas; se tivesse aberto a janela a água teria chegado até a cama. Também fazia frio. Observei aquele temporal, até que caísse a última gota. Tinha vontade de tocar um instrumento, mas não aquele bendito oboé. Gosto do momento em que o relâmpago acende, inclusive várias vezes, e depois vai embora. Sempre associei esse evento ao átimo de lucidez na confusão. O cavaleiro inexistente. Ele era a minha alma negra, o mentiroso, o insensato, o incapaz, o desconhecido hóspede dentro de mim. O vil, o degenerado, o canalha. Acho que todos o possuímos, bastaria para mim conhecê-lo para o manter bem longe. Durante aquele temporal, por um instante, pareceu-me tê-lo visto. Aproximava-se correndo em minha direção. Desde que havia saído de casa pela manhã, tinha todas essas estranhas sensações.

Senti que estava sozinho logo em seguida, e de fato naquela casa não havia ninguém. Senti novamente frio, olhei para fora e recomeçava a chover. Desci para pegar uma bebida, antes que a angústia me assaltasse novamente. Viajei certo de encontrar esclarecimento, partira com bons propósitos, bons demais.

A ansiedade me acompanhava aonde fosse. Como me libertar¿ Talvez existisse um método, a questão era aprendê-lo. Quando a mente começava a cansar das explicações e soluções que, mentindo, claro, tentava me dar, acabava indo parar sempre no mesmo labirinto, correndo para cima e para baixo como um miserável, só e com vontade de saber. Talvez demais. Talvez o inútil.

Enquanto a cabeça ia embora, navegando entre a ansiedade e a indiferença, servia-me do bom uísque, dentro de um copo indigno do conteúdo, mas o único de vidro disponível.

Amava a música mais do que todo o resto, porém tocar me fazia sentir o quanto eram frágeis demais aquelas vibrações tão sutis. Quando tocava mudava tudo, tornava-me o instrumento e ela podia fazer de mim tudo que quisesse. Não conseguia mais me deixar levar como antes, quando chegava a ficar horas na sala de ensaio de minha casa. Logo que entrava sentia um enjoo, gostaria de me sentar despreocupado e tocar até a noite, para ver o que resultaria disso, mas algo me freava. Como a música tinha sobre mim o poder de alcançar até os meus confins mais impenetráveis, covardemente largava tudo e saía. Talvez, por esse motivo, deixei o conservatório. Durante a viagem era preciso ter um instrumento por perto, para recorrer caso acontecesse algum problema. Gostaria de tocar ao menos o meu canto do cisne.

O cachimbo me olhava, esperava que o reacendesse. Convenceu-me, e depois de ter empurrado bem fundo o tabaco no fornilho, comecei a puxar, mantendo a chama acesa e tomando cuidado para não queimar demais o fumo. Dei três boas puxadas, exalando densa fumaça escura que ofuscou minha visão. As três nuvens subiram lentamente e bateram contra o teto, dispersando-se por todo o quarto.

Tossi ligeiramente. Não era um fumante assíduo.

O único rumor que se podia perceber no ambiente era aquele do tabaco que ardia quando eu aspirava, havia ali uma paz onírica, tão surreal que me pareceu ouvir ao fundo barulhos imaginários. Já era noite alta e estava esperando que Laura me ligasse. Sempre esperando por ela, grande idiota.

Aqueles sons tinham sido fruto de forte imaginação, pensei. Estava realmente paranoico. A porta de casa então abriu e fechou. Todas as luzes da casa se apagaram. A pouca iluminação restante vinha de fora. Fiquei petrificado na cadeira, com o cachimbo na boca e o isqueiro na mão. Um mergulho no coração acordou os meus sentidos e o medo se assomou da escuridão do quarto. Dei uma longa puxada nervosa, que refletiu o vermelho ardente do fumo no vidro da janela.

De um estado quase ascético no qual estava, passei violentamente àquele de um felino encurralado. Era evidente que alguém acabara de entrar em casa, e a coincidência do blecaute, poucos segundos depois, apontava algo absurdo que não se sustentava. O mesmo estranho havia também desligado a luz.

Procurava me controlar sem saber o que fazer, agitado, fumava irrequieto, esperava que os olhos se habituassem ao escuro para poder estar vigilante, a mente vacilava lucidez, os músculos estavam rígidos, os dentes rangiam.

Laura tinha me ensinado uma técnica de ioga para espantar o medo: inspirar pelo nariz, expirar pela boca e prender a respiração por alguns segundos. Era uma idiotice, comigo não funcionava.

Devia ser um castigo, não podia ter um instante calmo, alguém devia estar zangado comigo, quando me aproximava de alguma paz, ela logo fugia. E se eu não provocava, logo a culpa era de outro.

Continuava a pensar quem poderia ser, mas não tinha resposta. O medo me levava a pensar sempre no pior, como em um horrível *serial killer* pronto a me esquartejar ou me emparedar vivo. Mas quem mataria em uma cidade estrangeira um turista recém-chegado? Os *serial killers* escolhem suas vítimas por puro acaso. Não era mau ser a vítima do acaso. Pousei o cachimbo ainda aceso sobre a mesa, peguei o oboé e entoei a nota mais grave.

Permaneci em silêncio por instantes, depois empunhei o oboé à guisa de clava e dirigi-me na ponta dos pés para a porta.

Os degraus da escada gemeram e outro arrepio atravessou-me o corpo. Alguém estava subindo. Os sentidos se aguçaram como o pelo de um gato que fareja o perigo. Espiei devagarzinho em direção à escada para entender quem diabo estava ali.

Os ruídos da madeira tornavam-se cada vez mais nítidos. Dei uma olhada para além da porta, segurando com a mão, bem firme, o umbral. Tentava sondar o que acontecia, mas não via nada. Tomei coragem e gritei que estava em pé no vão da porta, e com a mão firme na maçaneta, pronto para fechá-la imediatamente.

Alguns segundos se passaram, e um homem despontou na escada, avançando contra mim e me derrubando no chão. Estava escuro e entrevia um vulto coberto, os jogos de sombra destacavam apenas seus traços mais duros.

Impetuosamente prendeu minhas mãos e pernas, fiquei praticamente imobilizado; apesar de me agitar, conseguia mover apenas o pescoço. Pensei no pobre oboé que havia voado dali.

Com voz cavernosa, disse que queria todo o dinheiro e tudo de valor que tivesse comigo (tudo fora o oboé, pensei, isso não dou). Prometeu que não faria nada comigo. Era telegráfico, tinha um inglês estranho, com um marcado sotaque italiano.

Estava com medo, sim, mas também com muita adrenalina, e aquela mistura não era má.

Assim que afrouxou a pegada, convencido de que me rendia às suas ameaças, liberei minhas mãos das suas e, agarrando-o pelo pescoço, joguei-o contra a parede, conseguindo deixar livre meu corpo.

Iniciei uma luta por pleno impulso, já que havia acabado de encontrar um pouco de serenidade e um perfeito desconhecido a tinha interrompido do pior modo possível.

Assim, um justiceiro a cavalo saído do nada queria que me rebaixasse diante de sua arrogância? Quase sempre o carrasco montado num cavalo era o meu medo, desta vez o medo, ao contrário, tinha uma face coberta, mas humana. Eu estava nervoso e a ponto de cometer uma tolice.

Tentei atingi-lo no rosto, prontamente se defendeu, abaixou o tronco, agarrou-me o braço, atirou-me na cama e me golpeou com força o estômago. Repetiu uma segunda vez "dê-me todo o dinheiro e ninguém vai se machucar".

Estava de novo imobilizado sobre a cama, enquanto o homem, irritado com a minha tenacidade, sacou uma faca e a agitou diante dos meus olhos que, grudados no aço, seguiam cada mínimo deslocamento.

Não pensava mais em nada, o instinto estava governando minhas ações. Era uma situação insólita, e nunca pensei que a enfrentaria um dia. Com palavras é fácil, porém quando se está vivendo, toda aquela têmpera e frieza desmancham-se, e resta somente a fragilidade da qual se é feito.

Encontrei sob a mão o oboé que havia voado. Agarrei-o sorrateiramente e atingi com força a cabeça do homem, que perdeu o equilíbrio e caiu para o lado.

Levantei-me célere da cama, brandindo na mão o meu oboé como uma clava. Queria ter nas mãos a estrela da manhã.

O homem tinha afã, moveu-se rápido e deu um chute na minha mão. O oboé caiu de novo. Como uma ave de rapina, agarrou-me pelo agasalho, atirando-me sobre a escrivaninha com uma violência brutal. Estava à mercê das ondas da sua truculência.

Bati com a cabeça na janela e o vidro emitiu um som estridente. O homem avançava em minha direção ameaçador. A batida foi forte, minha cabeça rodava, e me pareceu que o homem estava se deslocando pelo quarto.

Tomado pela ira, agarrou-me pelo pescoço, e mais uma vez me jogou contra o vidro que deu sinais de ceder, como uma lâmina de gelo da qual se exigiu demais.

Antes de desafiar a força da gravidade, o vidro estalou completamente, estilhaçando-se.

A última lembrança é a de ter me agarrado àquele homem que, oscilante e desequilibrado, não pôde evitar a queda junto comigo.

Acompanhava-me para baixo, em direção à ruazinha de tijolos. A minha cabeça quicou duas vezes no solo, como as bolas no lançamento de peso.

Haviam sido acrescentadas duas estranhas figuras àquela paisagem inócua.

"*Mi spiace*", disse o homem com voz apagada e rouca.

Disse isso em italiano.

A luz dos postes iluminava-o e pude observá-lo minuciosamente apesar do meu estado fragilizado. Tinha o rosto sujo de sangue, havia retirado o capuz ou a touca que lhe cobria a cara e abafava a voz. Virei a cabeça e vi-lhe a face. Olhamo-nos nos olhos, perturbados, mortificados. Eu o conhecia. Nos conhecíamos. Meu irmão?

"Carlo...", disse, com aquele pouco de voz que me saiu. Depois não lembro mais nada.

6

A MINHA INFÂNCIA é uma das recordações mais cristalinas que trago dentro de mim, apesar, ou por causa, do passar dos anos.

Ao pensar na família, imagino papai sentado à cabeceira da mesa, taciturno e objetivo enquanto comentava o jornal da TV, sempre composto e controlado, ainda que à noite estivesse cansado.

Vittorio, meu pai, começou a trabalhar bem jovem fundando, com um colega, poucos meses depois do meu nascimento, uma sociedade que operava no campo da decoração de casas. Graças ao seu carisma, com o tempo, a empresa prosperou rapidamente; junto comigo, como se fôssemos irmãos, crescíamos juntos.

Naqueles anos não entendia quando me falava que um dia me tornaria o capitão daquele barco e que, ao dizer isso, era a pessoa mais feliz do mundo, porque sabia poder contar com alguém quando ele viesse a faltar. Pensava sempre no dia seguinte e nunca olhava para trás. Não convivemos muito. Por conta do seu trabalho chegava a ficar fora de casa por meses inteiros, até que uma noite, quando voltava de Lisboa, o avião no qual viajava precipitou-se. Teve problemas no trem de pouso e assim que tocou o chão pegou fogo. Morreram todos.

Disseram que aterrissar sem trem de pouso seria possível, mas a inépcia do piloto não permitiu que fosse assim.

Quando aconteceu, eu tinha sete anos, chorei muito, tanto pela dor da falta quanto pelo absurdo do que ocorrera. Não sabia o significado do verbo morrer. Para dizer a verdade, continuo a não saber. Apenas me amedronta. Achava que ele tinha partido de novo, que dentro de um mês tocaria a campainha de casa e esperaria que pulasse em cima dele. Ele me esperava inclinado, com os braços abertos.

Mas aquela campainha não tocava mais e, mês após mês, lentamente me dava conta daquilo que havia perdido, e os olhos sempre lúcidos de mamãe refletiam essa confusão.

Já meu irmão Carlo, quando nosso pai morreu, era pequeno demais para compreender, e ria inocente como antes. Meu pai deixou a empresa totalmente sob responsabilidade de Antonio, seu sócio nos negócios e amigo de longa data.

Esteve bem próximo de nós naquele período, por isso o chamava de tio.

Passaram-se vários anos. Minha mãe, desde aquela vez, não me levou mais ao psicólogo, mas repetia com frequência: "Você não é normal." Preocupava-se demais, e não via explicação para alguns dos meus comportamentos; se soubesse quantos dos seus eu não entendia...

Lembro de uma noite, meu pai tinha morrido há pouco, estava escuro, do lado de fora trovejava e chovia forte.

As persianas do quartinho, meu e de Carlo, através das poucas frestas que restavam abertas, reluziam a luz dos relâmpagos, e a sombra do nosso beliche aparecia no piso por alguns segundos e logo desaparecia. Meu irmão, na segunda trovoada, já havia corrido para se enfiar na cama de casal da mamãe. As tempestades, em particular as noturnas, me relaxavam e embalavam. A chuva caía forte, batendo nas balaustradas de ferro, e já imaginava as plantas do nosso jardim na manhã seguinte gotejando e tomando feições humanas, cujos rostos deixavam escorrer lágrimas de alegria por poder tornar a ver um céu limpo. Enrolava-me dentro das cobertas, apertava o travesseiro contra o peito, e me deliciava em poder estar numa cama quente, enquanto lá fora a tempestade molhava a noite. Provocava-me certo medo um presente trazido por papai de uma de suas viagens, um elefante de madeira com a tromba para baixo. Quando o relâmpago lacerava o silêncio, destacava seus contornos e, lá em cima do meu beliche, naquele átimo de luz, parecia-me um monstro mitológico semelhante à Équidna ou talvez à Hidra de Lerna, mas nada parecido com aquele inócuo elefante bonachão. Ali aquecido, entre as cobertas, pensei no quanto seria mágico ter o secador perto, acompanhando com seu som e calor aquela atmosfera espectral.

    Assim, desci da cama, entrei no banheiro, fechei a porta para evitar que ouvissem o barulho, e liguei o secador. Com o rosto no vidro olhava para fora da janela e tudo estava como havia imaginado: a chuva cerrada parecia um mosquiteiro que enevoava quem estivesse por trás, e as luzes cansavam-se iluminando o jardim da minha casa.

O secador esquentava-me a pele e eu sentia arrepios na espinha percorrendo todo o corpo. Rangia os dentes, com os olhos ainda sonolentos. Quantos modos diferentes de viver um mesmo fenômeno. Quem foge, quem fica; quem gostaria de se molhar, quem molhado procura abrigo.

Outros se escondiam embaixo das cobertas, eu preferia estar no banheiro olhando aquele temporal pela janela, com o secador ligado, e era tudo o que queria.

A porta se abriu de repente, sobressaltou-me. Instintivamente desliguei o secador.

"Pode-se saber o que você está fazendo? São três horas da madrugada! Já para a cama!"

Escapei enquanto ela enrolava o fio do secador e resmungava palavras incompreensíveis.

Com o tempo tornou-se um hábito, e quando me via dava risada e beijava minha testa.

Depois que deixei o conservatório, comecei a trabalhar com meu tio na empresa, que de fato era nossa, da família, praticamente minha. Mamãe assinava de vez em quando algum papel.

Tio Antonio era trabalhador, mas, à diferença de papai que era um viciado em trabalho, não ousava descuidar de sua vida pessoal; da sua e da sua mulher.

Naqueles anos, a empresa havia crescido bastante, e o projeto que desde o início ele e meu pai tiveram em mente conseguiu ser implantado totalmente, apesar de faltar um dos dois autores.

Mesmo papai tendo partido cedo, aquela empresa tinha a sua cara. Talvez este tenha sido o motivo de eu começar a trabalhar lá. Tudo era estranho para mim, nenhuma afinidade, por que me dedicar a algo que não era eu? Abandonar o conservatório foi diferente, tinha outra motivação. Gostava de música. Mas, após oito anos de estudos, não aguentava mais aquele ambiente, a minha música vivia fora dali, e a escola havia se tornado um tédio medonho. Em casa, meu pai havia destinado um quarto inteiramente aos instrumentos musicais, onde obviamente estava entre eles o meu longo piano de cauda.

Lia bastante naquele período, além da música também me desafogava assim. Tanto a leitura quanto a música me davam prazer e me descontraíam. Já o trabalho não me dava satisfação. O vazio que sentia não sabia como preencher.

Antes de sair para pegar o carro e ir ao escritório, permanecia em frente ao espelho para verificar o nó da gravata, via minha imagem no espelho e por vezes pensava se aquele era realmente eu.

A empresa ia bem, e eu continuava a trabalhar como se estivesse em apneia e com antolhos, à espera de retomar o fôlego para ir adiante. Que faziam as pessoas para terem tantos pedaços de papel? Foi durante aqueles anos que se tornou cada vez mais forte aquela ânsia maldita. A impulsão de ir embora deixando apenas o vazio ou as malditas lembranças para trás era forte demais. Sim, morre-se, mas bem que poderiam ter evitado me contar, caramba!

Aquele trabalho correspondia à presença do meu pai, e prosseguir de onde ele havia parado, levava-me a levantar todos os dias para realizá-lo. Mas sentia para além de mim que, destacado como uma crosta caindo da pele agora já cicatrizada, não tinha perspectiva. Não via Deus ali por perto. Causa sempre uma certa impressão a palavra Deus. Não sei se Carlo teria se ocupado disso algum dia, confiar nos outros é sempre perigoso.

Assim que meu irmão cresceu um pouco mais, transferi-me com tudo o que possuía para outro quarto, contíguo àquele dos instrumentos. Não tinha começado a trabalhar naquela época, estava acabando o conservatório, já sabendo que o deixaria. Carlo permaneceu no seu quarto. Havia quartos por toda parte na nossa casa.

    Foi o meu lugar até começar a trabalhar, depois disso fui viver por conta própria. Mas como gostava daquele canto! Mudava a disposição dos móveis, rearrumava tudo todo o tempo, gostava de vê-lo sempre diferente. Em frenesi, como a minha cabeça, seguia o andamento do meu humor.

    Laura, quando vinha, assim que entrava sabia qual era o meu humor. Se o quarto estivesse limpo e ajeitado, eu também estava, e era o contrário quando ia mal; e enquanto colocávamos tudo no lugar, procurávamos também o armário bagunçado da minha cabeça.

Uma vez, ela me levou estrelas fosforescentes para colocar no teto, nós o enchemos todo, baixamos as persianas e nos deitamos na cama a olhá-las durante toda a tarde. Foi um dos presentes mais bonitos que já havia ganhado, e sempre me acompanhou. Onde vivo hoje ainda as tenho, é o céu estrelado sobre mim. Quando me deito para dormir, olho para elas até que a florescência lentamente decaia e a minha vista fraca confunda as estrelas falsas em uma única massa homogênea, descolorida, e deixo-me abater pelo sono.

Outro problema foi Carlo. Um sério problema. Sentia-se uma vítima da fartura na qual vivia.

"E por isso você deveria roubar?", perguntava-lhe.

"Quero saber o que se sente por não ter o que se deseja e conseguir conquistar, com o medo de acabar em cana."

Bem, pelo menos era sincero. Eu não era seu pai, e também não queria esse papel, não conseguia suportá-lo.

"Então vai trabalhar, se quiser ganhar algum."

"Há gente que tem demais, a outros, em vez disso, falta tudo."

"Você se sente mais Hermes ou Robin Hood?"

"Você se sente vivo quando toca. E eu quando roubo."

"Você é simplesmente um imbecil."

Os diálogos com ele acabavam sempre tomando rumos desagradáveis, mas uma vez ocorreu o impensável. Ainda não tinha saído de casa, havia deixado o conservatório e começado a trabalhar fazia algumas semanas.

Acontecia raramente de trocar de relógio, mas a monotonia sempre me cansa. Tinha vários, talvez achasse que quanto mais tivesse poderia controlar o tempo. Além disso, lembravam-me de que na realidade o tempo é apenas uma invenção abstrata que o homem sempre levou demasiado a sério. Guardava os relógios dentro da gaveta, perto da mesinha de cabeceira; pegava um, ajustava a hora, sacudia, balançava e o colocava no pulso.

Abri a gaveta e nela faltava exatamente o relógio no qual estava pensando.

Tentei muitas vezes falar com meu irmão, mas realmente não conseguia, ele era impertinente e raciocinava de modo tão oposto ao meu que me provocava ânsia de vômito se o escutasse falar por mais do que alguns minutos. Ele ficava no quarto ouvindo música e não dava a mínima para ninguém, tampouco para nossa mãe.

Com passo firme cheguei ao seu quarto, entrei sem bater e fechei a porta empurrando-a forte atrás de mim.

"Não sabe bater¿", começou Carlo.

"Fica calado e devolve o relógio", esbravejei.

Estava deitado em sua cama, lembrei de quando dormíamos naquele quarto juntos, ele chupava o dedo, e eu sempre ouvia.

"Não sei do que você está falando", respondeu, evitando o meu olhar.

"Sabe muito bem do que estou falando. O meu relógio, aquele que era do papai."

"Não sabia que era do papai. Sim, vendi por causa de uma amiga. Ela precisava do dinheiro." Depois prosseguiu como se quisesse se justificar: "É o pai dela, que não está nada bem..."
Não sabia o que dizer. Estava incrédulo e enraivecido. De que me importava o pai da sua amiga?

Permaneci imóvel no centro do quarto por alguns segundos, pensando em como me comportar, então o peguei com força pela camiseta e joguei-o no chão. Ele não esperava aquela reação, moveu-se sem vontade, como se tivesse perdido a confiança, e deixou-se arrastar.

"Não me importa nem um pouco essa sua amiga e muito menos o pai dela, se você tivesse me dito, nós a teríamos ajudado sem precisar vender o relógio do papai. Compreende o que estou dizendo, imbecil?"

Sacudia aquele seu moletom para a frente e para trás, teria batido nele até sangrar. Não entendia o que significava para mim aquele pedaço de mola e engrenagens. Ele me olhava amedrontado, de olhos arregalados, e com as mãos tentava se soltar.

Mamãe entrou no quarto com a mão sobre a boca. Implorou que terminasse a briga. Assim que chegou, por instinto nós dois paramos de nos mexer, imóveis de repente como dois relógios que haviam acabado de descarregar.

Tranquilizei minha mãe, disse-lhe que não tinha acontecido nada, ela resmungava, não lhe falei do relógio. Saí do quarto.

Era a primeira vez que levantava a mão contra o meu irmão. Pensando bem, era a primeira vez que levantava a mão contra alguém. Ele merecia, as palavras nunca teriam bastado senão para encher o ar de sons supérfluos, dispersos e esquecidos antes mesmo de serem escutados.

Na cristaleira peguei o meu copo, o de sempre, de vidro azul-celeste. Abri a torneira, comecei a enchê-lo d'água e, com a cabeça no quarto do meu irmão, dei-me conta de que estava transbordando. Bebi, mantendo-o dentro da pia, como se temesse aquele líquido, com o braço afastado do corpo, na ponta dos pés e com a boca levemente apoiada para evitar que caísse uma só gota no queixo, e devagarzinho a água diminuía e assim o meu corpo tornava-se menos rígido.

Deveria ter desistido, fingir que não era nada, colocar outro relógio no pulso e ir para o trabalho ignorando totalmente o ocorrido.

Mas era mais forte do que eu. Assim que voltava a pensar naquele relógio lembrava-me dos domingos, quando papai o desmontava, limpava e depois remontava. Ele amava esse ritual.

Esse fato não ia deixar passar, tinha um refluxo gástrico que se agitava com vontade de ser liberado, tinha fome e sede, mas não era de comida nem de água.

Hesitei antes de bater, fiquei ali fora com a mão suspensa sobre a maçaneta, pensando, tentando não ficar mal-humorado. Sentia os tons baixos da música do quarto ressoarem por todo o corredor e baterem em meu corpo, provocando vibrações. Era música chapada, inexpressiva.

Não bati, abaixei a maçaneta de uma vez e, ao escancarar a porta, fui envolvido por uma onda sonora, como se me tivessem atingido na cara com a rolha de um espumante que fora agitado. Carlo permanecia ali, deitado na cama, de costas, com as mãos atrás da nuca. Andei em direção ao estéreo, sem desviar o olhar dele, e girei o botão do volume, o maior dos três, diminuindo o som.

"Agora você levanta, vamos juntos à casa da sua amiga, você faz com que ela devolva o relógio, e evitamos discussões."

Disse tudo isso de um só fôlego, sem pausas, para não tropeçar.

Carlo teve um instante de indecisão, não sabia o que dizer, a música de fundo, mesmo de péssima qualidade, tornava o clima mais fácil e menos sombrio do que realmente era. Levantou-se com o olhar baixo, estava me acompanhando. Fiquei surpreso, olhei para ele desconfiado, estava quase lhe perguntando se havia realmente entendido.

"Espero por você lá fora, no carro." Aumentei novamente o volume, saí do quarto e fechei a porta, prendendo todos aqueles sons que tentavam sair dali, enquanto outros se esgueiravam através de algumas frestas.

No carro havia silêncio. Um silêncio teso como uma corda de violino vibrante, que não queria romper de modo algum para manter a tensão e a distância entre nós. Orgulhoso, Carlo tinha se sentado atrás, como se estivesse em um táxi. Espiava-o pelo retrovisor de vez em quando, os óculos escuros me ajudavam a disfarçar. Do lado de fora a temperatura estava baixa, mas sentia calor, pela janela entrava um vento que revirava os cabelos louros de Carlo. Certamente estava com frio, mas preferiria morrer a me pedir que fechasse o vidro.

Disse-me apenas onde morava sua amiga, de maneira monossilábica, antes de entrar no carro. E graças aos céus conhecia tão bem o caminho que não precisei aprofundar a explicação.

Não sabia qual a melhor maneira de ser severo, sem deixar de ser compreensivo e calmo, tentava pensar sobre isso, mas me distraía no retrovisor com o esvoaçar dos longos cabelos de Carlo. Não sou um educador, não posso ser, se não tenho certeza daquilo que digo servir ao menos para mim.

O último sinal antes da virada estava vermelho. A regra de trânsito diz que deve-se parar, e eu parei.

A cada vez que mudava para verde, os frenéticos habitantes das ruas iniciavam um espantoso e desordenado som de buzinas, enquanto dos lábios percebia insultos e xingamentos. Amedrontava-me ver as pessoas com movimentos labiais, sem ouvi-los, parecendo fantasmas agitados.

Apareceu o verde e simultaneamente a porta traseira se abriu; virei rapidamente e Carlo não estava mais. O cinto de segurança impediu-me de sair logo do carro, quando me soltei e olhei para fora, já não o vi mais. Os carros detrás começavam a buzinar. Ainda estava parado no sinal, pregado no asfalto e, pelo retrovisor, agora via um senhor com um charuto e um chapéu Panamá branco, gesticulando com raiva, fazendo caretas.

Avancei veloz e o senhor de chapéu tinha desaparecido, assim como meu irmão.

Pensava, me remoendo, como quem diz "você vai me pagar por isso".

Nem ao menos o chamei, levantei o vidro, liguei o rádio e segui rumo ao escritório como em todas as manhãs, tentando me convencer de que não havia acontecido nada.

7

O DIA QUE SE SEGUIU FOI TERRÍVEL. Não tinha conseguido concretizar nenhum compromisso da agenda, deslocava-me frenético de um lado para o outro, fixando de vez em quando o relógio acima da porta com severidade, na ilusão de poder mover sempre o maldito tempo.

No entanto parecia que os ponteiros não andavam e a noite demorava a chegar. Tinha relido os mesmos compromissos milhares de vezes, tirava o telefone do gancho e voltava a acioná-lo. Não almocei, rabiscava em uma folha em branco e me esforçava para dar sentido às formas que dali saíam. O homem tem essa ideia fixa com o significado das coisas, que ninguém consegue tirar.

Faça com que me tragam um sanduíche, hoje não quero almoçar. Meu tio me vira e queria que descesse com ele ao bar.

Saí mais cedo do escritório, pelo menos três horas antes. Apesar de registrarem a saída antecipada, ninguém me dizia nada. Sabiam ser eu um dos sócios e, sobretudo, do período difícil que atravessava.

Tinha respeito por toda aquela gente que trabalhava comigo e que, para mim, olhava-me de modo diferente quando passava, e aqueles olhares deixavam-me constrangido.

Não sei se eram de inveja, pena, curiosidade ou admiração; havia bem pouco a admirar, porque aquele cargo não era produto de merecimento, apenas sorte por nascer naquela família. Fazia bem meu trabalho, mas não melhor do que tantos outros que estavam ali. Trabalhar me distraía e me afastava das indagações, da solidão, das paredes e tetos de casa que já conhecia de cor.

O que via e sentia no trabalho não me agradava, uma desmedida multidão de máscaras que encenava até quando dava bom-dia, e quando apertava as mãos, parecia usar luvas. Chama-se relação formal, dizem, e nunca fui capaz de representar; na escola não me deixavam participar nem das apresentações de fim de ano, pois já era um péssimo ator naquela época.

É preciso coragem para ser você mesmo, porque é fácil ser enxotado e pisado. Nisso sentia-me realmente uma autoridade.

Gostaria de ter um diário em que pudesse escrever tudo o que me acontecia, invejava quem o fazia, aqueles que conseguiam com o pensamento mover a mão, e com a mão mover a caneta, e com a caneta colorir de preto a folha. Ler aquilo que se gosta, apesar de que nem tudo que se escreve é igualmente agradável. Quando se tem um machucado, se você o toca dói mais. Preferia não enfiar o dedo na ferida, logo não escrevia.

Aquela noite, enquanto estava no carro e voltava para casa, um céu cinzento seguia-me, queria-me dentro dele; acelerava e não tinha maneira de deixá-lo para trás.

Parei o carro no estacionamento interno, próximo ao jardim. Continuava a viver com mamãe, mas tinha planos de me mudar dali.

Era muito apegado àquela casa, construída por meu avô assim que nasci, contava-me Eleonora. Vivíamos todos juntos, inclusive com o vovô e a vovó – infelizmente nunca a conheci, no máximo lembro de sua voz, que associo às fotos espalhadas pela casa.

A construção era de dois andares. Entrando pelo portão, uma estrada de terra levava até um estacionamento fechado por arbustos onde cabiam dois, no máximo três, carros. E em volta de toda a casa, um gramado sempre cuidadíssimo atenuava os contornos angulosos.

Assim que abria a porta minha mãe já gritava para me lembrar de tirar os sapatos, mesmo que do lado de fora nem sequer chovesse, mas naquela noite realmente não queria discutir mais.

O meu quarto ficava no andar de cima. Deixei os mocassins sobre o capacho diante da porta e subi correndo a escada. A porta do quarto de Carlo estava fechada, encostei uma orelha, mas não se ouvia nada, então abri. Não havia ninguém. Fui ao banheiro para lavar o rosto e deixei a água gotejar enquanto olhava-me no espelho. O que será que havia atrás daquele espelho? Um dia tentarei desmontá-lo, pensei. Anos depois o fiz, era cinza, não havia nada, só o espelho, só a minha imagem.

Enxuguei o rosto, massageando-o várias vezes para diluir a tensão. Quem sabia aonde diabos tinha ido Carlo?

Estava para sair do banheiro, quando a porta foi aberta e tive um pequeno sobressalto, que me fez tremer e erguer a cabeça.

"Você está sozinho? Onde foi parar seu irmão?"

Era minha mãe. Tive um momento de hesitação que pareceu durar uma eternidade. Estava confuso e não sabia o que responder, sabia que estava preocupada e não queria que ficasse mais, amontoavam-se pensamentos na minha cabeça cansada.

"Soren, ouviu o que perguntei? O que aconteceu?"

"Nada, mãe, estou com dor de cabeça, vou deitar um pouco."

Enquanto andava para o quarto, acrescentei despreocupadamente: "Ah, não sei onde está Carlo. Logo, logo, ele volta."

Fechei a porta do quarto e apoiei nela a cabeça, encostando a testa.

E agora, onde é que ele foi parar?

Eis a ânsia que chegava, mas não queria que me encontrasse, preciso tomar uma providência, pensei: ficar meditando não serve para nada.

Podia ser a maior bobagem do mundo, mas aquelas sensações que experimentava em diversas ocasiões eram a única realidade na qual acreditava. E não tive um bom pressentimento quando vi meu irmão escapar do carro àquela tarde. Talvez não fosse nada além das minhas paranoias, mas não conseguia mais distingui-las do que ocorria de verdade, parecia que estava enlouquecendo.

Então peguei o celular, tirei-o apressadamente do bolso da calça, e, enquanto passava a lista de contatos, aproximei-me da janela com a mão para cima, tentando encontrar sinal.

Quando a ligação foi completada, uma voz que parecia sem alma advertia-me que o número chamado estava indisponível.

Sentei-me na cama, procurava um pouco de calma, sempre tive dificuldade de acreditar em coincidências, reconstruía os fatos com a esperança de encontrar o que poderia ter escapado, para recuperá-lo e tornar o quadro mais inteligível. Esforçava-me, porém nada havia sido omitido, não podia ser mais linear. Transcorreu uma hora assim. Passou-se uma outra ainda mais apressada. Mamãe chamou-me para o jantar três vezes, expliquei-lhe que não tinha fome. Ela comeu sozinha, enquanto eu rodava no quarto com Salieri no estéreo. Terminada a música o desliguei, saí e parei diante do quarto de Carlo, titubeei um instante, depois entrei, e do centro olhei para cada ângulo e canto, como se nunca tivesse visto.

Carlo conseguia ser mais bagunçado do que eu, parecia um hóspede mal-educado naquele ambiente, como se não fosse seu, como se não o quisesse, como um quarto de hotel barato pronto a ser deixado no dia seguinte.

Esquadrinhava e analisava aquele espaço, convicto de que a solução podia estar ali, talvez em um papel, dentro de um livro, no bolso de uma calça.

Saltou-me aos olhos uma pequena agenda enviesada sobre a escrivaninha. Peguei-a, tocando delicadamente como se fosse extremamente frágil, e antes de abrir, virei-a várias vezes entre as mãos. Havia anotações e, ao fundo, os telefones anotados. Não sabia qual poderia ser o número da amiga que ele havia presenteado o relógio, e entre todos os nomes procurava aleatoriamente aquele de que mais gostasse. Para começar, excluí os curtos, imaginando que ela deveria ter um nome longo. Depois me perguntei se considerava Laura longo ou curto. Deu vontade de rir. Vi um, provavelmente escrito por uma mão feminina, devido à caligrafia arredondada. Decidi por aquele número. Tinha certeza de que era aquele. Peguei o telefone e teclei o número. A garota chamava-se Valentina, um nome longo, eu estava certo.

Respondeu uma voz jovial, certamente ela.

"Alô, Valentina?"

"Sim, quem fala?"

"Oi, sou Soren, irmão do Carlo." Hesitou um pouco e abaixou a intensidade da voz, antes mais vibrante.

"Ah, oi, diga…"

Perguntei-lhe simplesmente se sabia onde estava meu irmão, sem fazer referência ao que havia acontecido naquela tarde.

A garota disse que não sabia de nada. Mas não me convenceu. Não insisti, no entanto, encerrando a conversa sem que ela conseguisse terminar a última frase.

Mamãe chamou-me, queria que descesse um minuto, e eu precisava inventar uma desculpa.

Eleonora era uma mulher aberta, deixou-nos sempre espaço para que nos movêssemos, mas quando esse espaço se inflava, sua autoridade emergia e ela colocava-se na cabeceira da mesa, pescoço reto e cabeça levantada.

Minha mãe era uma mulher forte, assim como seu marido, e enquanto havia ele, quando algum dos dois afrouxava, o outro se mantinha firme. Quando meu pai faltou, assumiu todas as responsabilidades. Eu ajudava, mas estou convencido de que se sentia sempre sozinha; quanto mais crescíamos, mais aumentava nela a solidão, que desafogava na cozinha, na limpeza ou falando horas ao telefone.

Eu lhe dizia: "Saia, você pode se permitir tudo, não fique em casa criando mofo." Preferia assim, e eu não podia decidir o que era melhor para ela. A casa sem Carlo era como o seu molho sem pimenta. Em breve iria me mudar, ela estava a ponto de perder outra presença dentro de casa, sentia por ela, porque naquela casa circulavam fantasmas demais à noite, e não queria encontrá-los cara a cara. Eleonora não me disse, no entanto esperava que eu não saísse. Seria penoso entrar no meu quarto e vê-lo vazio, com as persianas abaixadas, como se aquele parêntese também tivesse sido fechado. Por isso ainda não havia me mudado. Amava demais minha mãe, e não passava nenhum dia em que não pensasse em sua partida para não se sabe onde. Ficar grudado a ela era pior, para nós dois. Felizmente nunca tive complexo de Édipo, e nisso devo agradecer a Eleonora por nunca ter sido amorosa demais comigo. Não sei se Carlo poderia agradecer-lhe pelo contrário.

Vesti o sobretudo e, enquanto descia a escada, disse a Eleonora que tinha me esquecido de algo no escritório. Ela balbuciou palavras confusas, e saí antes que conseguisse dar nexo às suas frases.

Sob densa chuva que teimava cair, seguia no meu carro pela avenida, que apontava diretamente à minha frente aquele ponto onde as filas gêmeas de postes que ladeavam o caminho arqueavam-se até se confundir em uma fila única.

8

Não lembro até onde cheguei naquela noite. Recordo que fugia em alta velocidade das sombras que me perseguiam e com sorriso de escárnio tentavam tirar-me da estrada. Corria para não ser alcançado, dando apenas à chuva a liberdade de invadir o meu silêncio e a minha ansiedade; concentrava-me em cada simples gota que, ao cair sobre o capô do carro, rompia-se, decompondo sua forma primária e assim, junto a ela, a minha fragilidade naufragava em um mar desconhecido e infinito.

Aquela ideia, a de ter levantado a mão contra um garoto frágil inseguro e perdido nas suas certezas nada certas, ainda hoje é parte de mim.

Rodei com o carro até que a lâmpada do indicador do combustível começou a piscar; era claramente uma desculpa, aquela de ter que voltar ao escritório. Mas precisava afinal dizer alguma coisa à mamãe. De madrugada voltei para casa, era bem tarde, vi a luz do quarto de minha mãe acender e, quando a ouvi perguntar quem era, deduzi que Carlo não tinha voltado.

Carlo havia desaparecido sem dizer nada e deixar rastro. Passaram-se dias e a situação permanecia estática. Polícia e autoridades foram avisadas por minha mãe e também calavam, tanto quanto o silêncio que forrava as paredes de casa. Continuaram a passar os dias, semanas, meses. Agora são passados tantos anos... Mamãe descarregava em mim, achava que a culpa era minha por termos brigado naquela tarde no quarto. Não sofria tanto, a minha consciência não me acusava de nada. Ela precisava de alguém em quem descarregar a própria indignação, aquele mal interno que em poucas semanas a transformara em sua sombra e afogara os seus olhos de lágrimas.

Já havia passado por situações nas quais pessoas a quem se quer bem, em momentos de crise, acabam por nos confundir com papel usado, descartável, pronto para ser amassado, rasgado, como mamãe fazia comigo. Por isso a compreendia. Sofria, mas o amor, se não encontra espaço para se revelar, muitas vezes segura pela mão o ódio e se deixa arrastar como um trapo velho. E quando as acusações batem em você e repercutem, você se sente inútil, e qualquer sofisma, mesmo o amor ou a amizade, acaba por tornar-se, naquele momento, falsa solução para os problemas impossíveis de serem resolvidos.

Fiquei sem trabalhar durante um período. Minha mãe estava literalmente perdendo o juízo, começou a tomar antidepressivos e eu queria estar próximo a ela. Quando a olhava nos olhos não a reconhecia. Mamãe passava os dias diante da TV, paralisada no sofá, empurrava o tempo para frente como os avaros e os pródigos no inferno arrastavam enormes rochas, símbolo das riquezas desperdiçadas. Nem a própria casa era mais o que havia sido; estava suja, emporcalhada, nunca a tinha visto assim antes. Fui obrigado a chamar uma faxineira, contra os gritos e as resistências de mamãe. A casa era sua, ela limpava, mas também essa paixão tinha abandonado.

Os emaranhados de poeira nos cantos da casa horrorizavam-me. No quarto de Carlo nada tinha sido mudado de lugar, e era o único que de vez em quando limpava. Ai de quem entrasse lá, tornava-se ainda mais histérica.

Permaneci alguns meses com minha mãe, enquanto isso, comprei aquela casa que me havia prometido, mas esperei antes de mudar.

Lentamente a situação foi piorando, mamãe não ficava tranquila, e com frequência tinha que correr ao hospital porque perdia os sentidos. Sua irmã, por conta própria, decidiu vir para nossa casa. Claudia, minha tia, era legal apenas quando se encontrava com as amigas para jogar cartas no domingo. Jogavam escala quarenta, partidas tediosas e intermináveis, adornadas por falatórios e baganas de cigarro deformadas no cinzeiro. Aconteceu-me uma única vez jogar com elas; abandonei a partida após a primeira hora de jogo e, a duras penas, consegui acabar a segunda rodada. Tia Claudia era uma mexeriqueira de marca maior, uma fofoqueira típica de alguma cidadezinha do interior. Mamãe não era loquaz quanto ela, mas quando estavam juntas tornava-se verborrágica por cumplicidade.

As múltiplas ausências no trabalho foram acolhidas com compreensão por meu tio Antonio. Com delicadeza, fez-me entender que não podia me desobrigar de todas as responsabilidades e que não podia colocá-las em segundo plano para sempre, e se era ele quem dizia, sendo a pessoa mais respeitosa e generosa do mundo, significava que era verdade.

Desde a chegada de sua irmã, minha mãe parecia melhor, e assim que pude fiz as malas e me mudei para minha nova casa.

Passou cerca de um ano desde que Carlo partiu sem deixar vestígios. Mamãe quase não percebeu, estava drogada por aqueles remédios, os ansiolíticos, tanto que ao falar tornava-se difícil entendê-la. Eu necessitava urgentemente mudar de ares, aquele quarto estava agora apertado para mim, sentia-me um bicho enjaulado, uma cobaia de laboratório a ser usada para o mal experimental. O ar abjeto estava me deixando zonzo e, mesmo com dificuldade, tentei reunir todo o meu egoísmo para fugir daquelas quatro paredes que me diziam tanto.

Não havia mais motivo para ficar, assim levantei âncora e cortei aquele cordão umbilical. Não creio que tenha sido egoísta, precisava apenas acertar contas comigo mesmo. Continuava a fingir que não havia nada de errado. Se meu irmão havia decidido passar a vida longe de casa, não sei fazendo o quê, tinha sido afinal escolha dele, não a compartilhava, mas não podia ter sido aquele motivo, e, enquanto isso, eu não havia escolhido nada e não sabia quem era.

Quando me mudei para a casa nova, na primeira noite caí em um sono tão profundo que ao acordar pensei que tivesse dormido uma semana. Finalmente estava em um lugar asséptico, avesso à sombra do meu irmão que passeava dentro de casa. Acontecia algumas vezes vê-lo diante de mim, caminhar ao redor, apontar-me o dedo, para depois desaparecer no nada. Então acordava daquele sonho, a vista ofuscada por aquela câmara escura reportava-me ao silêncio do quarto ainda desnudado de móveis, com as tomadas penduradas, enquanto a sombra em silêncio retornava à obscuridade da qual tinha vindo.

    A casa era enorme e estava vazia. Tinha medo de mobiliá-la, como tinha medo de me deixar escutar.

9

POR VOLTA DAS ONZE HORAS, quase todas as noites, Sofia, a moça que vivia na casinha ao lado da minha, tocava soturnamente seu piano. Conheci Sofia anos depois, quando trabalhava assiduamente. Ela também havia começado a viver sozinha, era de boa família.

Ajudou-me a deixar de lado, provisoriamente, com inesquecíveis noitadas de sexo, a crônica dos meses anteriores. Nunca havia vivido uma estória do gênero, um caso, como se diz, e francamente não avancei além daquele limiar. Entristecia-me; não era da minha natureza amar uma mulher apenas na cama, repugnava-me tal ideia. Meus sentimentos por ela eram inconsequentes, eu não tinha muita curiosidade de conhecê-la, sentia o desejo de espairecer, de mandar embora as dúvidas e deixar correr a despreocupação.

Queria uma companhia, quem sabe uma companheira. Sentia grande atração física por ela, éramos dois polos que se atraíam. Em outras ocasiões teria sido a garota perfeita para mim, bonita, com olhos grandes e tristes, embora fosse muito de lua, e neste aspecto me lembrava Laura. E quando pensava em Laura ela perdia o brilho em um piscar de olhos.

De fato tinham bastante em comum. Aquilo de que gostava em Sofia era sua alternância de humor, solar e melancólica, e sabia dominar e gerir ambas. Quando, à noite, sentava-se ao piano e começava a tocá-lo, sua fisionomia mudava. Olhava-a: sua expressão, aquela sim, inspirava-me curiosidade, havia o desconhecido ali dentro, mas era um mar revolto desafiador. Tornava-se inesperadamente séria, os olhos esvaziavam-se daquele pouco de vivacidade e ingenuidade que se refletiam em todo seu corpo. Até nos movimentos não parecia ela, tão suave pousando suas dóceis mãos sobre o teclado, e tão sinuosa ao mover comedidamente a cabeça que balançava, seguindo as notas pressionadas. De vez em quando a acompanhava, mas na maioria das vezes preferia estar em silêncio, observá-la e escutá-la. Quando acabava de tocar, sua imagem despedaçava-se como aquela de um *puzzle*; decompunha-se, um pedaço após o outro, assim que a almofada sobre a qual sentava inchava novamente. Parecia-me um quebra-cabeça, aquele do tigre, com mil novecentas e oitenta e quatro peças, que Carlo se comprazia em desmontar. Uma peça se perdeu e não a encontrei mais, a do olho esquerdo.

O olhar voltava a ser aquele menos triste e enigmático de antes. Digo enigmático porque escondia mistérios; ela também, apesar de tudo, era uma sombra viva, mas de todo modo uma. Igual a mim. Não sei o que lhe passava pela cabeça quando tocava, o que lhe invocavam aqueles acordes. Tentei algumas vezes entender, porém voltava imediatamente à sua concha, parecia-me ter tocado as antenas de um caracol.

Quem sabe qual dos meus eus me governava naqueles instantes. Ela me transmitia uma ilusão de paz, felicidade temporária que acabava repentinamente assim que voltava para casa, entre as caixas e os móveis ainda embrulhados.

Achava que ela também tinha problemas, lia isso em seus olhos, e uma relação dessas nos era cômoda, porque nem eu nem ela avançávamos para além daqueles que sempre chamei os limites intransponíveis, aqueles que nos recusamos a atravessar. Éramos cúmplices de semelhante crime. O crime de termos mentido para nós mesmos por não sabermos encontrar aquilo que procurávamos, e nos iludíamos de que mais cedo ou mais tarde atracaríamos, quando, ao contrário, éramos impulsionados à deriva.

Apesar disso, durante anos continuamos a nos ver, mas cada um sempre guardião do segredo dos próprios mistérios. Nunca lhe contei, por exemplo, sobre meu irmão, provavelmente nem lhe disse que tinha um, falávamos de trabalho, de cinema, de literatura e de culinária, nada pertinente à profundidade.

A única com a qual sempre desabafava era Laura, que vinha frequentemente me encontrar. Com ela realmente era tudo diferente. Pensava: quando mais jovens tínhamos estado juntos; como seria se continuássemos unidos? Caso ela tivesse me pedido para tentar de novo, certamente teria dito sim. Mas nunca me pediria, tampouco eu.

Sobre Sofia perguntou-me pouco, e fiquei contente porque não estava a fim de falar disso.

Laura era terapêutica, mas nociva a mim. Para ela, era só um amigo, mas não valia o contrário. À noite, acontecia, ocasionalmente, de ela vir em minha casa ver um filme, depois voltava para a sua. Virava-me onde pouco antes sentáramos juntos, e o espaço estava vazio. Dava-me conta novamente de ser um planeta sem satélite.

Passava pelo menos duas vezes por semana para ver mamãe, depois que minha tia vivia ali com ela e tinha se apossado do meu quarto. Ocasião em que sentia uma velada censura. Sem me aperceber havia distanciado-me daquele pequeno mundo. Já não conseguia identificar em mim aquele rancor e aquelas brigas tão recorrentes, e esperar, querer, o seu quarto vazio e a sua música desligada.

De vez em quando, antes de ir embora, mamãe chegava perto de mim e cautelosamente sussurrava à minha orelha: "Você não tem notícias, não é¿" Olhava-a em silêncio, com jeito de quem não sabe responder, mas gostaria ardentemente de poder fazê-lo.

Quase dez anos, e a sua dor era tal e qual no primeiro dia.

Minha casa tinha um jardim, contíguo àquele de Sofia, e à noite, quando não nos víamos, sentava do lado de fora sobre um banco vacilante.

Abrandado e aliviado pelo tinido regular dos irrigadores de jardim do gramado e pelo cheiro de grama molhada, tentava colocar sobre uma partitura algumas notas musicais, acompanhando-as com o violão. Tocava-o com distanciamento para não deixar que se apossasse de mim. O violão, também aprendi a tocá-lo no conservatório.

A sensação de prazer que sentia por ter um instrumento nas mãos, por ver as horas escorrendo rapidamente quando tocava, fazia-me sentir vivo e, melhor, me sentir imensamente eu mesmo. Quase a tinha abandonado, a musa-música. Dava-me uma sensação estranha, tinha-me levado a sentir náuseas no conservatório, quando tocar me deixava ansioso, então logo parava. Naquele período tentei várias vezes, mas acontecia o mesmo, e sofria demais por isso.

Uma noite, no outro jardim, aquele de Sofia, a irrigação automática havia chegado ao fim, e aquele efeito de multidimensionalidade, aquele cerco sonoro, cessou, dando-me a impressão de que uma das minhas orelhas não mais ouvia.

Olhei em direção à sua casa, estranhamente tudo estava silencioso, até o piano calara, e todas as luzes estavam apagadas.

Havia deixado a janela do primeiro andar, aquela de onde tocava, escancarada.

Dali não conseguia ver nada, apenas uma janela aberta escura.

Tinha reparado nesses particulares, mas a concentração encontrada escrevendo logo levou o olhar para baixo, não prestando grande atenção àquelas anomalias.

Relaxei no espaldar da cadeira, empurrando o pescoço o mais para trás possível; permaneci imóvel por vários segundos. Estava gostoso ali, procurava distender, afugentava os demônios e respirava normalmente. Estava cedendo ao sono. Depois, uma forte rajada de vento invadiu o ambiente, despenteou meus cabelos, virou para frente algumas páginas do caderno sobre o qual há anos tentava escrever uma canção impossível: "A ânsia do fim".

Um barulho estridente e cáustico, como uma unha esfregada em uma folha de papel, vibrou no ar, devolvendo as minhas costas a uma posição direita e ereta diante da mesinha.

Sobre o caderno havia pousado uma carta de tarô. Pensei logo em Sofia, porque lembrava que tinha um baralho daquelas cartas.

Tive um sobressalto e perscrutei tudo à volta. Não havia nada, as luzes do jardim brilhavam sobre o gramado molhado e um gatinho preto pairava sonolento entre a palma e o limoeiro.

Com temor reverencial, dobrei a cabeça em direção à carta e observei-a timidamente, com olhar amuado.

Os baralhos de tarô compõem-se de setenta e oito cartas, vinte e dois trunfos, mais comumente ditos arcanos maiores, e cinquenta e seis arcanos menores, quatorze para cada um dos quatro naipes: espada, paus, ouro e copas.

Havia lido um livro tempos antes, creio que de Calvino, em que falava de tarô, mas de qualquer jeito essas cartas sempre me fascinaram, ainda que não acreditasse na cartomancia, despertava-me a imaginação e um pouco de angústia, a mesma que estava sentindo naquela noite.

A carta, assim como se apresentava a meus olhos, estava virada ao contrário, e era a décima terceira dos arcanos maiores: a morte, e a morte de cabeça para baixo indicava uma das profecias mais terríveis.

O vento tornara-se mais agudo e a sensação de frio sobre o meu corpo aumentou. Um arrepio, ao ver a carta, perpassou-me as costas.

O que era aquilo? Uma piada?

Tinha medo de pegá-la, olhava para ela o mais distante possível. O vento, a cada sopro, a deslocava alguns milímetros; na última rajada a carta virou sobre si mesma e com a mão agarrei-a antes que pudesse voar dali.

Exclamei em voz alta, levantando-me e derrubando a cadeira às minhas costas. No primeiro golpe de vista, pareceu-me que a carta estava suja de sangue, um sangue fresco e viscoso.

Como sempre, não acreditava em coincidências, e uma carta representando um presságio, terrível e sombrio, que aterrissava exatamente em cima de mim, não podia ser uma coincidência. E também, naquela ocasião, tive o mesmo pressentimento ruim. Seguido daquela ânsia assustadora que não me deixava ser protagonista da minha vida medíocre.

A janela aberta da casa de Sofia jogava-me no mistério.

Fui tomado pelas piores conjecturas. Comecei a correr em direção à sua casa, o gramado molhado estava escorregadio, e não conseguia correr rápido o bastante. Passei por cima da cerca que delimitava o gramado e bati à sua porta, apertando freneticamente a campainha.

Ainda segurava a carta na mão.

No andar de cima, onde também ficava seu quarto, nada se movia. Mantinha os olhos colados à janela do seu quarto, esperando que a luz se acendesse e ela descesse para abrir a porta.

Toquei de novo a campainha por mais de dez segundos, mas nada se movia. Tudo permanecia apagado.

Seria possível que não estivesse em casa? Algo me dizia que estava ali, e como!, e que talvez estivesse em dificuldade. O relógio marcava uma hora e treze minutos.

Sem pensar mais, peguei a mesinha de fora e a bati violentamente contra a porta, arrebentando a fechadura.

Entrei sem acender as luzes e corri para o andar de cima. Havia um silêncio funesto e o vento frio que entrava pela janela congelara a casa inteira.

Parei de correr assim que acabei o último degrau da escada. Mudei de ritmo e, com passo suave, movia-me lentamente sobre o patamar.

"Sofia? Sofia, você está aí? Sou eu, Soren."

Ninguém respondeu.

No chão havia outras cartas de tarô, via o Rei de espadas e o Louco um pouco para fora da porta da sala onde ficava o piano.

Aproximava-me lentamente em direção à porta. Não sei por quê, mas não acendi a luz; a que vinha da rua era fracamente difundida no espaço, porém suficiente para reconhecer pelo menos os objetos de um quarto. Sentia um nó na garganta e, incomodado por aquele excessivo silêncio, voltei a chamar Sofia.

"Sofia, você está aí? Responda!"

A porta do quarto do piano estava entreaberta, e quando a abri totalmente uma forte corrente de ar passou-me por baixo dos braços e das pernas.

Vi a sombra de Sofia balançar fracamente, levantei a cabeça e a vi pender silenciosa do teto, com uma corda no pescoço.

Só então larguei a carta da minha mão, que foi acabar junto às outras, dispersas ao acaso pelo chão.

Gritei seu nome por desespero, tentei descê-la, não respondia, segurava suas pernas tentando não deixá-la sufocar com a corda, mas era tudo inútil. Desci-a, insistia em chamá-la. Não me respondia, não dizia nada, apoiei a cabeça sobre seu peito e ouvi seu coração parado. Apenas o meu batia acelerado. Não há nada mais cruel do que sentir um coração deixar de pulsar. Aquele pesadelo perseguiu-me por toda vida.

Quando a ambulância chegou, nada mais foi possível fazer, estava tão morta que a espera não teve relevância.

Como em um roteiro, a polícia interrogou-me por mais de uma hora no andar de baixo, enquanto os sabichões da perícia passavam um pente-fino no quarto do sinistro.

Em poucos instantes a casa se encheu de gente, policiais desciam e subiam a escada, até que trouxeram o corpo para baixo, sobre uma maca, coberto por um lençol branco.

Respondia passivo às perguntas, não lembro nem das caras de quem me interrogava. Procuravam respostas que não podia lhes dar, simplesmente porque não as tinha. Queriam ter certeza de que se tratava de suicídio, ou queriam saber por que se suicidou?

Sentia-me como um inseto preso dentro de uma caixa de vidro, que se batendo para cima e para baixo, tentava desesperadamente sair para regurgitar sozinho toda a nojeira vista e vivida naquela noite.

Quando finalmente me deixaram voltar para casa, um inspetor, pouco antes de sair, chamou o meu nome.

"Soren?"

Virei-me e disse simplesmente "sim".

"Encontramos isto no andar de cima, está escrito o seu nome no envelope."

Era um envelope de carta, escrito de um lado, à caneta preta, "para Soren".

"Sei que este não é o momento, mas se descobrir alguma informação, ainda que talvez lhe pareça irrelevante, faça-nos saber", disse o inspetor, com ar de quem repetia aquela frase mais vezes do que bom-dia.

Refleti sobre a palavra irrelevante. Para mim, nada era irrelevante, mas não sei que concepção ele teria da irrelevância.

Fiz-lhe sinal de sim com a cabeça e voltei em silêncio para casa.

Acontecera tudo tão rápido, havia perdido qualquer referência temporal. Estava desorientado.

Em casa, pousei a carta sobre a bancada da cozinha e tomei o último gole de uísque que havia sobrado na garrafa. Seco e sem gelo. Já eram quase duas da madrugada.

Abrindo aquele envelope conseguiria apenas levantar novamente o fedor de podre que se mantinha perceptível no ar, e por hoje não queria inferir nada mais.

Mas a curiosidade, enquanto estava para apagar a luz e ir para a cama, impôs-se. Assim, enfiei o dedo na fenda do envelope e cortei-o na parte superior com a unha.

Tinha uma folha de papel dobrada ao meio, sobre a qual havia escrito:

"Não queria que acabasse assim. Talvez seja você o primeiro a me encontrar, e sinto muito por isso. Desde que me mudei, busquei entender quem era, o que queria. Toda a minha família morreu em um desastre aéreo: mamãe, papai e os meus três irmãos, com a minha avó. Havia ficado em casa porque tinha provas na universidade. Você é a primeira pessoa a saber disso.

Perdi a vontade de viver, de procurar e de fazer inclusive o que havia de mais banal. Agradeço-lhe por me ter presenteado com alguns momentos de felicidade. Sei com certeza que você também tem problemas, leio isto em seus olhos quando me olham. Peço-lhe que os resolva, e que seja sincero com você mesmo. Post Scriptum, Há uma carta de tarô no envelope."

Escondida no canto do envelope estava outro arcano maior, o número doze: o enforcado.

10

DURANTE A NOITE INTEIRA não fechei os olhos. Deitado de costas sobre dois travesseiros, girava sem parar aquela carta de tarô entre os dedos, interrogando-a silencioso.

Ouvia uma espécie de máquina reprodutora no meu quarto lendo repetidamente o conteúdo da carta de Sofia, que recomeçava assim que acabava.

De tanto arranhar o canto com a unha do indicador, estava lentamente deformando o formato retangular do papel. A vida, às vezes, é contraditória, e quando o insuportável domina, ou a gente se deixa engolir pelos acontecimentos, ou só sai deles perdendo a razão, não há solução, outro modo. Como poderia imaginar, algumas horas atrás, a hipótese de que teria presenciado uma tragédia? Nem pensar, teria dito, simplesmente loucura, um absurdo. E de fato estava atordoado em meio a essa loucura e a esse absurdo. Não acredito que haja uma manivela para fazer o tempo voltar e deslocar as peças do jogo para mudar o andamento dos fatos. Ainda não a encontrei.

E hoje penso que, mesmo que existisse, jamais seria usada.

* * *

O quarto que estava à minha volta era árido, mais nu do que uma dançarina de *strip-tease*, não tinha pendurado nem um único quadro, as paredes eram pálidas como o meu rosto. O único toque colorido era a luz néon azul do abajur, que não havia desligado para evitar que sombras tumultuosas tomassem o controle da situação.

Não conseguia alongar os músculos, todo rígido, tinha uma forte intuição de que não ia conseguir controlar o medo que se apossava de mim. Pensava continuamente em Sofia, depois em meu irmão, e sentia-me só. Começava a amanhecer, e queria que o trinar dos passarinhos me fizesse companhia, mas era muito pouco, não bastava. Sentia calor, depois frio, cobria-me e me descobria, tinha sono, mas ele não me queria. Acendi um cigarro e desci para a cozinha descalço.

Da janela via no jardim de Sofia as sirenes azuis dos carros de polícia. Permaneciam todos lá, haviam cercado a área, e pessoas moviam-se no primeiro andar, na sala onde havia sido encontrado o corpo. Aquela casa nunca tinha estado tão cheia de gente, era solitária e inocente como Sofia, e iria incomodá-la todo aquele vaivém frenético. Alguém olhou na minha direção, fazia sinais estranhos indicando a minha casa, enquanto falava com um colega. Apaguei o cigarro no cinzeiro, mas não desviei o olhar daqueles dois.

Se uma luz iluminava o térreo, Sofia estava na sala lendo ou assistindo à TV; por vezes o iluminado era o aposento de cima, de onde melodias doces e tristes saíam do piano branco; e se luzes fracas provinham da outra fachada da casa, Sofia estava no quarto, sozinha com seus segredos. Tudo isso acabara de terminar, quem sabe por que razão?

A geada aveludada sobre o gramado refletia os primeiros tímidos espirais de luz que vagarosamente projetavam-se cautelosos, abatidos eles também pela noitada sombria.

Saí da cozinha e deitei no sofá. Com o enforcado sempre entre as mãos, sabia que não era um bom presságio. Estava desconfortável e sentia frio, voltei para o quarto, onde a luz fúcsia ainda estava acesa. Ouvi o cantar dos pneus, os últimos carros de polícia deixavam o local isolado e a pobre casa de Sofia ficava sozinha, uma vítima emudecida.

O relógio de pêndulo no corredor marcava os segundos, saltava entre as paredes e chegava a mim. Além daquilo, o silêncio. Os passarinhos também não trinaram mais.

11

No dia seguinte, ou melhor, algumas horas depois me levantei ainda sonolento, exausto porque havia repousado pouquíssimo.

Liguei para o tio, avisando que não iria trabalhar, e lhe contei brevemente o ocorrido, omitindo os detalhes fúteis e encerrando logo a conversa.

Ainda estava vestido e sentia as pernas pesadas como se durante a noite não tivesse feito nada além de correr. Os punhos da camisa estavam sujos, como se manchados do sangue de Sofia; sangue que agora teria se tornado quase marrom.

Acomodei todas as roupas dentro da banheira e tomei uma ducha mais fria do que quente, com a cabeça apoiada à parede e a água que descia até os pés.

O espelho refletia a minha figura, alta e magra, com uma toalha verde pastel na cabeça. Tentava fazer tudo o mais rápido possível, para não me dar tempo para pensar: enxuguei-me, vesti-me, fiquei só alguns segundos a mais com o secador na mão, depois desci correndo para tomar o café da manhã.

O dia lá fora continuava sombrio, esperei que tivesse sol quando saí para pegar o carro, mas um céu nublado impedia sua saída. Todas as partituras sobre as quais havia escrito tinham voado e se espalhavam por toda parte, úmidas ou molhadas, a tinta sobre algumas páginas havia se dissolvido e os escritos desfocados. Recolhi as folhas, sacudindo-as com a mão, e as lancei sobre o sofá.

Queria deixar tudo para trás, fazer uma visita a um amigo querido. O carro falhou por um instante, mas depois deu a partida.

Era horrível viver carregando aquela ansiedade desgovernada, pensava que se aquela angústia tivesse continuado a me perseguir, não teria aguentado por muito tempo. Um amigo afastado e já morto dizia-me sempre: "A experiência não possui nenhum valor em si, é simplesmente o nome que os homens dão aos seus erros e acertos." Eu continuava vivendo e só mais tarde viria a entender.

Ia à casa de Friedrich, para os mais próximos Fred, amigo de infância, certamente o único com quem mantive laços fraternos.

Causava-me uma forte impressão sentir perto do portão do seu prédio opaco odor de cozinha chinesa.

Deixei o carro em fila dupla e atravessei a rua rapidamente, com a mão sobre o peito para manter parada a gravata, que balançava.

Toquei o interfone, e um Fred perplexo abriu o portão.

No prédio em frente morava Laura, no segundo andar. A persiana fechada indicava que ela não devia estar em casa, porque quando ali permanecia deixava tudo escancarado. Gostaria que fosse ela a me consolar.

Tinha um cheiro forte de água sanitária no hall de entrada, que me fez franzir o nariz.

Uma senhora idosa sentada nos degraus da escada gritou para que parasse, enquanto fumava um cigarro que não devia ser o primeiro do dia.

Parei na ponta dos pés e quase perdi o equilíbrio; o mármore branco estava molhado e escorregadio.

Tinha um forte sotaque romano, deixou-me passar assim mesmo, e disse que logo passaria o pano de chão. Falava comigo com uma tal intimidade, como se me conhecesse bem. Uma mulherzinha miúda, com um roupão azul pelo menos dois números acima, que lhe dava um aspecto frágil.

Ultrapassei rapidamente aquele piso, renovando as desculpas.

Não lembrava qual era o andar, por isso lia à medida que passava todos os sobrenomes que encontrava em cada piso, até ler o de Fred. Era o quinto.

Trocamos alguns cumprimentos e, logo que engrenamos o papo, perguntou-me por que afinal não havia subido de elevador.

Disse-lhe que preferia as escadas. Ele sabia que não gostava de elevador, mas perguntava a cada vez. Queria ver se estava curado, justificava.

Na realidade o medo de elevador era análogo àquele do avião. Não era claustrofóbico, era sobretudo a impossibilidade de agir em caso de perigo. Sempre o mesmo medo, que controla, que não é você e é percebido, mas que lhe impede de ser e fazer diferente.

Enquanto tomávamos um café, um péssimo café, morno e amargo proveniente de uma maquininha que Fred usava muito pouco, sem perder tempo tirei do bolso interno do paletó a carta de tarô deixada por Sofia. Coloquei-a sobre a mesa como se estivesse jogando pôquer e esperei que fosse ele o primeiro a falar.

Olhou-me aturdido, esperava uma sugestão, mas não disse nada. Então, finalmente falou.

"O enforcado, carta número doze dos arcanos maiores do tarô... o que tem a ver com esta manhã tediosa?"

"Gostaria que me dissesse tudo o que sabe!", respondi, frio e convicto.

Fred havia se formado em filosofia, e desde sempre cultivava a paixão pelo ocultismo, o simbolismo e também pela astrologia. Na escola, os colegas o chamavam de cê-dê-efe; quando pequenos, sentávamos no banco juntos e às vezes o defendia dos ataques dos outros.

Considerava-o meu amigo porque conseguia falar com ele sem precisar vestir nenhuma couraça.

"Bem..." Estava começando o seu monólogo, quando iniciava não parava mais.

"Não sou um especialista em tarô...", disse com falsa modéstia, "mas pelo que me lembro, o enforcado é a carta da incerteza. Veja, tem um homem pendurado por um pé com outra perna dobrada como se quisesse formar um quatro. Os braços, por sua vez, cruzados atrás das costas, formam um três. Além disso..."

"Como é que é? Onde você está vendo esse três?" Achava sempre que tudo era óbvio.

"Repara os braços: estão cruzados atrás das costas como se estivesse algemado. E a ponta da cabeça com a dos cotovelos formam um triângulo com a ponta virada para baixo."

"Um triângulo naquela posição é o símbolo da água, um dos quatro elementos. Como vê, reaparece o quatro, já visto nas pernas. De fato, se multiplicamos três por quatro, temos doze: o número da nossa carta."

Bati palmas, de brincadeira, para embaraçá-lo.

A curiosidade era cada vez mais viva, escutava calado e à parte. Com esse assunto, Fred poderia levar adiante um solilóquio por um dia inteiro.

"No que diz respeito ao significado, isto é bastante subjetivo. Contudo, não sei ler as cartas, posso limitar-me a dizer aquilo que representam."

Assenti com a cabeça e ele prosseguiu.

"Olha a cara do homem; o que é que lhe chama atenção?"

Dobrei a cabeça e fixei a carta.

"Não entendo o que há para rir."

"Exatamente! Não demonstra desconcerto nem abatimento em seu rosto, é como se aquela situação que o impede de se mover lhe trouxesse satisfação, não fazendo nada para tentar se liberar."

A voz havia assumido um tom mais premente, e gesticulava com as mãos para dar vigor ao discurso.

"... e esta situação, justamente de suspensão, de estar pendurado, indica a necessidade de uma mudança na vida ou nos hábitos de uma pessoa. É uma carta muito profunda, talvez a mais complexa entre os arcanos maiores."

Fez uma breve pausa e, mudando o tom de voz, disse tímido: "Desculpe se pergunto, mas por que esta curiosidade¿"

Tentei evitar a resposta tragando forte o cigarro que tinha entre as mãos.

"Não é para me meter na sua vida, mas vê-lo desabar dentro da minha casa de manhã, com todo este interesse pelo tarô, me deixa um pouco curioso, não acha¿"

Não podia lhe tirar a razão, e comecei a contar resumidamente o que havia ocorrido.

"... e por fim um envelope, dentro dele uma carta para mim e esta carta de tarô."

"Sinto muito, mesmo, pela sua namorada."

"Não era minha namorada, nos encontrávamos e nada mais. Não quero dizer que não lhe queria bem, mas com este envelope, e com a carta de tarô, não entendo realmente o que pretendia me dizer."

"Não estava escrito como ler a carta, não é¿ Em qual sentido¿ Se na posição normal ou invertida¿"

"Sim, exato... Não, nada disso."

Soren achou que tinha dito uma besteira. Fred com a mão puxou para trás os cabelos compridos e com semblante pensativo levantou-se, contornou a cadeira e desapareceu na cozinha. Segui seus movimentos até que saísse do meu campo visual. Terminei de beber aquele café amargo e peguei um cigarro do maço de Fred.

Voltou depois de alguns segundos com um livro na mão e um par de óculos redondos apoiado na ponta do nariz.

"Então, então, vejamos o que diz aqui." Folheava vigorosamente um grosso volume.
"É isso mesmo, como lhe dizia. Considera-se que se não se faz referência à inversão, as cartas são lidas na posição normal, isto é, como se lê qualquer papel impresso, e a mensagem é aquela que lhe dizia antes: 'conhecer-se melhor, saber quem somos de verdade, descer mais ao fundo da nossa natureza e do nosso inconsciente'."
Lia rapidamente, sem respeitar a pontuação.

"A condição que estamos vivendo não pode durar muito tempo e necessita de uma reviravolta, mesmo que superficialmente nos agrade, vide a cara alegre e despreocupada do pendurado, a atual situação, na realidade, é falsa: é preciso mudar."
Em seguida, leu levantando a voz e seguindo a frase com o dedo.

"Para elevar-se, o homem necessita subverter-se, assim como fez Dante quando teve que sair da boca de Lúcifer, lá embaixo no abismo do escuro inferno, para subir novamente em direção ao purgatório. Como vê, há analogias entre você e o velho Dante, e se não me engano o seu segundo nome é Dante, não é verdade¿" Era verdade.
Fez uma pequena pausa e relaxou no encosto da cadeira, tirando os óculos.

"Soren, se a sua namorada queria deixar uma mensagem para você, era a seguinte: tente sair de uma situação aparentemente estável, mas na realidade vacilante, que cedo ou tarde desabará. Não sei ao que estava se referindo, isso você é o único que pode saber."

"Sim, isso é claro. Mas repito que não era minha namorada."

Esperava ouvir outra explicação. Não aquela de Fred, porque ainda que não fosse tão analítica, em parte já sabia, e esperava que as conexões não dissessem respeito a mim, mas sim a Sofia.

Sentia seus olhos voltados para mim, como o holofote sobre o protagonista da ópera; mirava-me de cima agora, com os braços cruzados, e pronto a me julgar, a ver qual seria o meu próximo passo. Queria ver se tinha sido capaz de apreender sua mensagem, ou se teria continuado pendurado àquela corda, com os braços desarmados e a cara sorridente, achando que estava rindo de alguém quando na realidade era somente de mim mesmo.

Chegara o momento de acertar as contas comigo mesmo, de olhar o espelho não apenas para ajeitar o nó da gravata. Mas não queria fazer isso e me dava medo, não queria me levar a sério demais.

Continuava no trânsito quando minha perna começou a tremer. Era a vibração do celular. Por engano, o havia deixado no bolso da calça, e para pegá-lo tive que fazer movimentos de contorcionista.

Minha tia, do outro lado da linha, disse-me que estava no hospital porque mamãe havia tido um ataque cardíaco. Por pouco não tive um também. Olhei o relógio e vi o tempo escorrer, abaixei o vidro e aspirei o ar frio e contaminado pela poluição dos canos de descarga, vi o céu e observei as nuvens movendo-se devagar. Era tudo terrivelmente real.

Queria sair do carro, subir no teto e urrar para aquela balbúrdia de automóveis enfileirados toda a minha dor, com a esperança de que as buzinas cessassem, os motores silenciassem, as nuvens se imobilizassem e o tempo parasse por alguns instantes, para me dar o prazo de entender, de engolir aqueles acontecimentos e tentar assimilá-los. Deixar a ficha cair.

Estava no meio do caos, e no entanto o ponteiro continuava a marcar os segundos, os carros a avançar, nervosos, e as nuvens a passar sobre o céu, e não havia modo de parar nada daquilo.

Estava sob o efeito da mais terrível droga, similar ao pânico.

Sentia-me morrer. Pensava: oh! Deus, está acontecendo comigo. Desejava impacientemente me locomover em alta velocidade, para deslocar a atenção da cabeça para os pés. Estava terminando como um balão de ar inflado, deixado sob o sol a murchar. Comecei a suar frio, se parava sentia o corpo tremer, e então voltava a me mover frenético. Havia perdido todo fragmento de racionalidade, sentia-me possuído pelo vazio, controlado pelo nada. Tudo aquilo que era até pouco tempo não existia mais.

Fiz de tudo para relaxar, o pior estava passando, mas já tinha medo de que pudesse voltar. E depois que aquela cegueira, aquele desvario desapareceu totalmente, não consegui atinar como fora possível acontecer. Prometi a mim mesmo que de agora em diante saberia controlar aquele medo. Mas sabia que estava mentindo.

Mamãe não resistiu, foi embora de uma hora para a outra, naquela mesma tarde, antes que eu tivesse conseguido chegar ao hospital.

Fiquei recluso, parei de trabalhar e passava os dias observando os ponteiros do relógio. Escrevendo o rancor que carregava por dentro em pedacinhos de papel, encontrados aqui e ali, fora de ordem, pois ordem não havia.

Era refém e sequestrador, vítima e algoz. Também estava tornando-me uma sombra, e não encontrava a força para sair disso. E não permitia que ninguém me ajudasse a fazer aquilo que apenas eu devia fazer.

Experimentava os dias, e todos tinham igual sabor. O céu completamente nublado, com veios claros e delicados, parecia um grande cérebro. Odiava aquele Soren ali: quando olhava para a carta do enforcado, via o meu rosto nela.

Meu tio, preocupado, vinha me ver toda noite, esteve muito próximo de mim, e com ele conseguia ter momentos de distração. A partida de bilhar no meu porão tinha se tornado o momento mais agradável daqueles dias, entre um copinho de uísque e uma conversa entre colegas de trabalho.

Havia pedido demissão, o tio não aceitara, mas eu tinha parado de ir ao trabalho.

Já as outras pessoas que me eram próximas foram afastadas. Pedi para ser deixado só, não queria explicar nada, pois não conseguia explicar nada nem a mim.

Laura vinha me ver de qualquer maneira, mas não conseguia me abrir nem mesmo com ela. Via-me como um animal ferido e não precisava da compaixão de ninguém, muito menos a dela. Meus sentimentos por ela eram fortes demais, e não queria ter que lidar com aquilo, por isso também a mandei embora e lhe falei do meu desejo de ser deixado sozinho. Dei ênfase à palavra, sozinho. Por noites consecutivas tive um sonho recorrente. Não era um pesadelo, mas conseguia me deixar angustiado, parecia real até demais. Surreal.

Sonhava que estava na mesa da cozinha na velha casa, com mamãe, Carlo e o meu velho, sentados para o jantar, como fazíamos há tantos anos. Via-me comer, e eles ficavam parados, com os talheres limpos sobre os seus guardanapos, prontos a me julgar, como se fosse um júri. Não diziam uma palavra, falava e eles nada expressavam. Então começava a gritar, até que me levantava e continuava a berrar sempre as mesmas palavras: "Por que vocês não dizem nada¿!" E eles me olhavam, com olhos angelicais e faces imaculadas, e sempre silenciosos. Depois pegava os cantos da toalha e as puxava violentamente para o chão com todo o seu conteúdo. Com o barulho dos cacos se quebrando, acordava sobressaltado, e me reencontrava sentado na cama completamente descoberto, com o coração que parecia um tambor, e com medo de voltar a dormir. Sentia-me tão só, perdido em um abismo enorme e vazio, ou preso ao fundo do oceano tentando desesperadamente chegar à superfície e poder recuperar o fôlego.

Gostaria de partir para longe, fora da Itália, sem ninguém por perto, mas o medo de voar atirava-me de volta ao vício doméstico e às falsas seguranças que havia criado, que não eram nada além de ansiedade e medo.

Precisava entender por que essa turbulência imprevista de acontecimentos: era um sinal para alguma revelação? Ou, como simplesmente dizem, era a vida?

Havia me tornado um parasita da minha riqueza, vivia no ócio e até aquilo era cansativo. Parecia ter voltado a ser adolescente, agitando o cérebro com teoremas abstratos sobre a vida e sobre a morte, sobre o verdadeiro e o falso, sobre Deus e a matéria.

Antes de tudo, estava convencido de que Deus deve ser encontrado dentro de nós, como algo de inato, uma alma, um talento. A procura por Deus não é aquela do Santo Graal, ou do filósofo que através de conexões lógicas tenta explicar a sua natureza e sublinhar sua existência. Não, não é isto.

"Matto è chi spera che nostra ragione
possa trascorrer la infinita via
che tiene una sustanza in tre persone"[1]

Dentro de uma caixa, em uma manhã, encontrei essa placa. Pendurei-a na porta do quartinho na velha casa, era um dos meus tercetos favoritos do "Purgatório" da *Divina Comédia*.

Se todos fôssemos imortais, a massa não teria o mesmo sabor, o amor seria mais volúvel, seríamos todos mais cí-

---

[1] *"Louco é quem espera que nossa razão*
possa transcorrer a infinita via
em que três pessoas uma substância são"
(Tradução livre)

nicos e impiedosos, muitos seriam completos vagabundos, teríamos todos a ilusão de estar dentro de um videogame, prontos a voltar ao início, caso o jogo corresse mal.

E a paixão, o orgulho, o ódio, a raiva, a dor, a derrota, a simplicidade e a pureza seriam palavras que o homem não teria podido inventar. E também a morte. Mas sem a morte como pode existir a vida, então? Se existe o branco, existe também o preto, e se há Yin, há também Yang.

Na Antiguidade dizia-se que os deuses invejavam os homens exatamente por serem mortais, porque cada momento para eles não teria voltado, e a intensidade com que nós humanos vivíamos certas emoções incomodava até os potentes e imortais deuses do céu.

Ah, incansável sofrimento! Quanto mais me habituava àquela nova realidade, mais sentia a angústia apertar-me como uma camisa de força, sem poder reagir. Tudo levado à exasperação, afundado nas profundezas dos abatimentos do homem; sentia-me um lagostim do qual tivesse sido retirada a carapaça, tendo como único desejo o de querer voltar atrás.

Devia encontrar eu próprio a minha imortalidade, o meu verdadeiro instinto, o meu talento.

Enquanto continuava a delirar entre lembranças de uma caixa de papelão, tomado de coragem, saí de casa e me dirigi correndo a uma agência de turismo.

Pedi um destino não muito longe, onde se pudesse chegar de avião o quanto antes. A moça, por trás do balcão, distraída e completamente desinteressada, olhava durante todo o tempo a tela do monitor sem nunca se virar para mim, apesar de eu torcer para que aqueles olhos cor de verde esmeralda me fitassem para sempre.

Falou de um voo para Dublin na semana seguinte. Disse-lhe OK, e só aí me dignou uma olhada. Àquele olhar consegui, depois de muito tempo, esboçar um tímido sorriso.

12

REABRIA OS OLHOS LENTAMENTE, com medo de ver o que havia. Estava obscurecido, desambientado, assustado por um silêncio nunca ouvido, os músculos respondiam às solicitações, lentos e inseguros, a mente tentava colocar em foco o ponto mais próximo, mas ele ficava continuamente desfocado. Era ilógico, impossível, pensei, porque apesar das circunstâncias aquilo que me cercava, mudo e descolorido, harmonizava meus sentidos e afastava o pensamento do mal.

Levantei-me do chão frio, sentando-me com as pernas cruzadas e, esfregando o rosto, procurava com aquele pouco de lucidez que voltava, lembrar como tinha acabado ali.

Com os olhos entreabertos sob uma mente inquieta, como o limpador de para-brisa de um carro, espiava curioso à direita e à esquerda, não vendo nada além de paredes brancas em um enorme quarto vazio. Branco, somente branco.

Voltei a revirar o antes, forçando a visão e cerrando os punhos.

Recordava de ter sonhado, ou talvez não fosse um sonho; por mais que me esforçasse, nada conseguia reconstituir.

Batia sempre em um muro alto e negro que cobria o visual, deixando-me na memória, impressa a fogo, unicamente uma emoção ainda quente e vigorosa.

De nenhum esforço conseguia extrair indícios para a reconstrução do fato. Deitei meu corpo sobre aquele mármore gelado, tentando voltar atrás no tempo, para entender por que estava ali. Mas nada, o branco do quarto me engolia e me cuspia fora.

"Parado", disse, contraindo as pernas. Na desordem geral encontrei uma constante à qual agarrar-me, e ela se chamava Laura, e com ela voltei por um momento ao hall de um aeroporto.

Brevemente tornei a percorrer os instantes que conseguia captar com maior facilidade, e lembrei de Laura me acariciando a mão, o medo do avião e depois, depois não lembrei mais. Mesmo me esforçando, as lembranças eram longínquas, como se estivessem a anos de distância, e ofuscavam-se ainda mais, bastava tentar tirar a pátina de pó que as recobria.

Uma voz cortou o silêncio ao qual me havia habituado, deixando-me novamente vigilante.

"Não se esforce, você está muito abatido pelos eventos para lembrar do que aconteceu."

Aquela voz entrou sem bater e pedir licença. De um pulo, tentei ficar de pé, buscando discernir com os sentidos aguçados de onde provinham aquelas palavras. Fiz isso rápido demais e tive uma tontura.

Rastreei tudo à volta, percorrendo rapidamente o quarto, mas estava completamente vazio, tentei novamente, mas além daquele branco indistinto não reparei em mais nada.

"Estou aqui."

Virei-me e desta vez, atrás de mim, alguém havia se materializado inteiro, dos pés à cabeça.

Sobressaltei-me assim que o vi e com ar defensivo afastei-me alguns passos, sempre a encará-lo.

Ele não falava, mantinha-se de braços cruzados e me observava curioso; olhava-me com um deboche satisfeito, como um valete de copas. Em tal confusão mental eu não conseguia articular uma das tantas perguntas que gostaria de lhe fazer.

E de onde havia saído aquele estranho indivíduo? Podia vê-lo, tangível, eu não estava bêbado apesar da minha cabeça rodar como um pião. Não podia ter aparecido do nada, teria perdido algum relance, pensei. Entretanto, não havia portas, mas aquele homem de qualquer modo tinha vindo de algum lugar. Será que estivera sempre ali?

Seu semblante, porém, me tranquilizava, já estava metabolizando aqueles traços tão lineares e pouco agudos, de um homem de meia-idade, careca e com bigodinhos brancos, curtos e bem cuidados. Trajava vestimentas cômodas, parecia ter levantado alguns momentos antes de um salão onde assistia à TV.

"Fique tranquilo, agora lhe darei algumas das respostas que quer saber, mas antes venha, vamos sair daqui."

Tentei falar, mas de minha boca saíram apenas murmúrios incertos, parecidos com os dos recém-nascidos. Não entendia aonde queria ir. Aquele quarto era vazio, sem porta, sem escada, sem janelas, nada de nada, era uma caixa de sapatos.

"Está... está bem, mas aonde vamos? Aqui não há nada."

A dor de cabeça aumentava, e duvido que conseguisse andar em linha reta.

Com galhofa, estendendo-me a mão, fez-me sinal para segui-lo.

O quarto era retangular e sobre a parede mais ao fundo havia uma maçaneta branca impossível de ser vista a não ser a poucos centímetros de distância. O quarto se comunicava com outro. O homem conseguiu abrir a porta e uma forte luz entrou no recinto, ricocheteando entre as paredes brancas, que exaltavam seu vigor.

"Faça o favor." Era galante.

Atravessei a porta e custei a crer no que via. Encontreime de repente na encosta de uma alta montanha, grande o bastante para hospedar um campo de futebol inteiro. O céu era de um azul intenso demais para ser natural, parecia criado no computador, não tinha uma nuvem. Daquele ar limpíssimo enchi os pulmões, fechando os olhos e respirando profundamente. Sem um ruído, nem mesmo o do vento, de um pássaro, o único rumor audível além da minha respiração era a sua. Sem um som, sem uma buzina, sem um brado. Era surreal. Ou tinha acabado dentro de um quadro de Dalí, ou não estava notando algum detalhe; tudo, mais do que algum detalhe. Tinha a impressão de que aquele lugar não se sujeitava ao duro passar do tempo. O relógio estava parado, balancei o pulso, as engrenagens se moveram, mas os ponteiros permaneceram imóveis.

"Desculpe, mas o que é tudo isto, o que o senhor está fazendo?" O homem não respondeu. Tinha pensado, não dito. Foi por isso.

Caminhava em direção à beirada, querendo averiguar em que altura estávamos e o que havia embaixo, quando sua voz fez começar um eco interminável.

"Espere, sente aqui antes."

Não saberia descrever aquela montanha. Encontrava-me bem, não entendia, não lembrava, mas tampouco queria, porque já havia me identificado com aquela quietude.

Se as ânsias ainda não tinham dado sinal de vida, então aquele lugar deveria ter com certeza algum poder particular, estranhamente não atormentava os meus pensamentos.

Tinha uma sensação de extravasamento, isto sim. Minha mão coçava como no trabalho quando não lembrava daquilo que precisava. A impressão era de uma névoa espessa e intensa, uma lã crua e volumosa que abafava todos os sete sentidos. Sim, porque na realidade não são cinco, mas sete, porque incluo a intuição e a clarividência.

Quando fui operado de apendicite, ao acordar da anestesia, um torpor estava impresso dentro de mim: um lodo do qual era difícil sair. Aí está, sentia um profundo atordoamento, parecido, mas bem mais acentuado e encorpado.

Minha voz soou longínqua, e as palavras que emiti me pareceram alheias, porém o ímpeto com que saíram, este sim, me surpreendeu, porque custei a crer que tivesse falado tão alto, quase me envergonhei por ter quebrado o silêncio.

"O que significa este lugar? O que estou fazendo aqui?"

O homem sentou-se sobre uma rocha, parecia cansado, mas procurava esconder. Olhava para ele, de pé, esperando uma resposta. Fez sinal com a mão e me convidou a sentar à sua frente.

"Daqui a pouco tudo voltará à sua mente, não se preocupe. Agora está se sentindo atordoado, mas é normal."

"E como sabe disso?"

"Não importa. O importante agora é que você repouse."

"Mas o que está dizendo? Repousar para quê? Não consigo lembrar de nada, tenho dor de cabeça, parece que estou embaixo d'água sem fôlego, consigo com grande custo entender aquilo que o senhor diz."

"Pode me tratar de você, não serve para nada esta reverência."

"Você? Mas de que me importa o você?"

O homem olhou desanimado. Então, concordei.

"Vá lá, tudo bem, chamo-o de você: diga-me onde estou?"

"Assim é melhor. Você agora pense a respeito, volto daqui a pouco, agora tenho algo de urgente a fazer."

E sobre a rocha não estava mais. Sumido no nada, assim como havia aparecido.

Então de fato havia se materializado no quarto!

Não, não pode ser real, com certeza estou sonhando.

Mesmo assim meu coração continuava a bater relaxado. Que bom se fosse sempre dessa maneira.

Deitei-me sobre o prado, a relva era macia, fresca ao contato; acima de mim, um céu cada vez mais azul níveo e limpo de nuvens abraçava todo o lugar, tornando-o mais absurdo e infinitamente grande. Sem dúvida magnífico.

A montanha acima de mim era realmente alta, não se via nem o cume. Não está nevada, pensei. Estávamos em pleno inverno e não se via nem um único pontinho branco de neve cobrindo aquela enorme massa de pedra.

Voltei a pensar e fechei os olhos: Laura, o aeroporto, o avião era o que me vinha mais rapidamente.

Aquele torpor era denso e não me dava a lucidez necessária para raciocinar. Dublin, então me lembrei de Dublin. Era isso que estava fazendo no avião, pensei. Aquela cidade era o cerne de tudo, o motivo da viagem e a meta final.

Espremia a cuca como metade de uma laranja em um espremedor, até que toda a polpa estivesse liquefeita.

Estava em Dublin viajando comigo mesmo, para rearrumar o armário das ideias, e queimar a raiz dos meus medos.

Lembrava de ter saído do aeroporto, despedir-me de Laura e tomar o táxi, entrar na casa alugada e começar a fumar o cachimbo. Pois é, o próprio cachimbo que havia comprado no centro pouco antes. Os degraus da escada eram barulhentos, e o meu quarto tinha uma vista deliciosa. Estava recordando até dos detalhes menos importantes. Aquele torpor estava enfraquecendo como uma chama em uma vela sem cera, os meus sentidos retornavam e os fatos iam se acrescentando involuntariamente, um a um. Encontrado o primeiro, os outros vieram naturalmente.

Havia entrado alguém enquanto estava no quarto fumando. Reabri os olhos. O azul intenso encolheu bruscamente minhas pupilas.

Aquele pensamento me agitou. Tinha ocorrido uma luta com um homem que havia penetrado na casa, apagando as luzes e subido até o quarto. Durante a luta caímos ambos pela janela e depois... e depois o escuro. Após os vidros da janela se romperem, estava em um quarto branco; em seguida um homem careca, e enfim o vale sobre o qual me estendia.

Do homem que tentou roubar-me não lembro, mas depois de ter caído, o que aconteceu? Estou morto? Terá sido aquele torpor, pensei, ou a força mística daquele lugar, mas na obscura ceifadora ainda não havia pensado. Sentia-me vivo como nunca.

Passava a mão pela minha cabeça à procura de uma ferida qualquer, uma marca, alguma evidência que pudesse testemunhar que sim, efetivamente havia voado pela janela. Nenhum ferimento; examinei minha mão para ver se tinha sangue, mas nada. Apalpei meu corpo e sentia a carne, os ossos, havia matéria. Não era aeriforme, o coração pulsava, lento como nunca havia sido.

Sentei. Não entendia como tudo aquilo podia ser real. E, no entanto, a percepção não podia ser outra.

Estava cheio de não entender, e cheio também de pensar. Estava sonhando, era óbvio.

Levantei-me e tive uma ideia louca.

"Então, se isto é um sonho, aquilo que estou para fazer certamente me acordará!", falei em voz alta, esperando que alguém pudesse escutar, e também ver.

Sem pensar mais, tomei distância, apertei os punhos, corri velozmente em direção à beira do planalto e me atirei lá de cima. Com os olhos fechados.

13

Um baque forte me tirou de órbita. A cabeça passou a doer mais do que antes, rodava muito, como se tivesse acabado de descer de uma montanha-russa. Pelo traumatismo causado, poderia até ter sido aberta como uma melancia, ficado em pedaços, espirrado cérebro e sangue, atraído abutres e chacais, deixando as formigas e os outros insetos para o fim, a consumir os últimos pedacinhos de carne presos ao corpo. Em vez disso, eu, Soren, estava íntegro. Machucado, dolorido, mas inteiro.

Antes de abrir os olhos, escutei. Não tinha certeza de estar pronto para qualquer cenário. O ar era parado e fuliginoso, alternavam-se cheiros misturados com madeira queimada e água quente estagnada.

Entre todos os sentidos, o olfato era até o momento o principal implicado; o eflúvio era tão forte e asqueroso a ponto de fazer lacrimejarem os meus olhos mesmo fechados. Estava deitado de bruços com a bochecha no chão e a boca torta para cima, a perna esquerda dobrada e um braço encaixado entre o peito e a barriga. Os músculos respondiam todos, parecia não ter sido eu a cair. O ranço daquele novo lugar afrouxava de vez em quando, alternando com um ar quente e viciado.

Deve ser escuro à beça, pensei. Através das pálpebras fechadas não penetrava nem um fio de luz.

O salto a partir da montanha havia consumido alguns segundos, quase um minuto, talvez. Nunca tinha experimentado a sensação de voar e desafiar a força da gravidade para imitar o voo despreocupado dos pássaros. Existe uma tal liberdade naquele ato que dá tempo apenas de desfrutar o átimo que logo acaba. Como tudo o mais, por sinal.

Só que, quando alguém se precipita lá do alto, a sensação do tempo é mais perceptível; quando se está parado tem-se a ilusão de não ser assim, mas ele continua passando do mesmo jeito, e aliás ainda mais rápido, pois não há emoção.

Voar, no fim das contas, é um desafio ao infinito; e o infinito o que é senão aquilo sobre o que não se sabe nada até ser engolido pela sua desarmante grandeza e incompreensibilidade? Um oceano negro de que sempre tive medo, e que naquele momento, estranhamente, parecia navegável.

O chão era áspero e frio, ouvi um barulho a distância e por instinto movi as pálpebras, levantando-as num impulso, como uma mola.

E finalmente abri os olhos; à volta um halo imperceptível de luz.

Diante de mim uma rua escura e íngreme, onde havia prédios desmoronados que me rodeavam, preenchendo-me a visão. O fedor nauseante combinava perfeitamente com aquilo que se via, parecia a cenografia de um filme velho qualquer.

Da viela escura à minha frente, uma luz débil amarelada coloria a fumaça que saía das grades de um bueiro enterrado.

Atrás de mim repetia-se idêntico cenário, como se fosse um espelho, e no entanto não havia espelho. Mas era tudo exatamente especular de uma parte e de outra.

Aquele som oscilou novamente, percorrendo a mesma rota de antes, desabando novamente sobre mim. Levantando-me, tive forças para ficar em pé, reto, e dar os primeiros passos. Nada tinha acontecido comigo. Os prédios em torno não pareciam de verdade, mas feitos de gesso acantonado, como maquetes dentro de um set de filmagem. Experimentei tocar uma parede e um tufo de sujeira velha desmanchou-se entre as minhas mãos. O tato também havia recuperado a sensibilidade.

Mas onde me encontrava?

Acima não se via nada, o céu e a montanha da qual me tinha jogado pareciam fazer parte de outro mundo. A montanha nem existia mais, e o céu era uma mancha de petróleo. Tentando entender, massageava a cabeça ainda dolorida pelo impacto, mas miraculosamente sã.

Porém, algo grave devia ter acontecido, de outro modo como explicar tudo aquilo? Estava decididamente arrependido de ter saltado. Tinha esperado acordar daquele hipotético sonho, estava quase convencido de que poderia ser isso, mas aquela eventualidade havia desaparecido com a montanha.

Apesar de tudo, não me assombrava, e era isso que não batia; não me reconhecia, aquele Soren ainda não tivera o prazer de conhecer.

Estava possuído por uma espécie de imortalidade; o que poderia me matar se um choque tão forte não tinha me causado nada? Não sabia as coordenadas daquele abismo, encontrei fixado na parede um cartaz parecido com um mapa, talvez o daquele lugar, mas a escrita era incompreensível e o desenho mais semelhante a um quadro de Kandinsky.

Pela terceira vez ouviu-se um som, um lamento; de onde me encontrava era impossível entender se era um gemido de escárnio ou de dor, mas tinha certeza de que vinha da rua em frente a mim.

Avançava naquela direção, a rua não acabava nunca, repetia-se de bueiro em bueiro. Quando passei sobre o segundo, inclinei-me para ver o que havia no interior, mas fui invadido por aquele odor insuportável.

Estava seguro de meus passos, não esperava encontrar nada de particular; afinal o que era aquele lugar? O inferno? Em qual girão acabei parando?

Mas como você faz para não ter medo, Soren?, perguntei.

E se estava lá embaixo, nas profundezas do inferno, o que poderia ser a montanha onde estava antes? O purgatório ou o paraíso?

Qual enigma devia resolver?

Tais perguntas passavam e iam embora.

Senti um arrepio só de pensar que poderia estar realmente naquela dimensão sobre a qual há séculos são escritas estranhas teorias.

Prosseguia despreocupado, sem protelar ou olhar para trás, firme sobre meus passos, fino e encolhido através daquela rua estreita, quase raspando nas paredes como a linha no fundo da agulha.

Sabia que nem tudo podia se reduzir ao escuro, embora aquele lugar fosse negro, e muito. Vou ao encontro do juízo, pensei, tive vontade de rir, e segui o caminho. Era simplesmente agnóstico, não sentia o peso e a tensão de precisar ser julgado por alguma entidade mística, porque não estava morto, não me sentia como tal, pelo menos por enquanto.

Tudo aquilo que surgia tinha um sabor novo, acontecia pela primeira vez, como os iniciais passos de uma criança, a primeira queda; todavia não era a primeira, mas reevocava aquelas sensações primitivas.

A luz amarela ocre clareava ligeiramente à medida que eu avançava, marcando os traços daquele lugar destruído.

Experimentei virar-me e olhar para trás: tudo estava imóvel, idêntico. Nada que pudesse ser tomado como referência. Nenhum ponto a destacar.

Caminhava, e não sei o quanto caminhei. Muito, certamente, porque comecei a perder o fôlego. Por sorte, diante de mim, aquela ruela finalmente acabou, e uma praça, obviamente vazia ou abandonada, veio em meu auxílio.

Aquela luz fraca, amarela ocre, provinha de um poste enferrujado, meio dobrado, de vez em quando caía a tensão, e deixava-me apreensivo vê-la porque parecia que iria se apagar de repente. Uma intuição, porém, me dizia que era assim desde sempre. No centro, por sua vez, havia um poço.

Sentia respeito por aquele lugar tão órfico. Estava dentro dele, mas me sentia separado, à eterna ânsia substituíra uma espécie de renúncia e aceitação do mistério.

14

A PRAÇA ERA IMENSA, uma corrente de ar úmida penetrava entre as aberturas da minha camisa inflando-a toda; o céu era negro, parecia coberto por uma enorme tela de lã. Não despontava um único pontinho luminoso que remotamente pudesse lembrar uma estrela.

A roldana do poço era enferrujada e a corda ressecada e gasta. Aqueles estranhos ruídos provinham dali. Gemidos, mais do que rumores, distantes e carregados de sonoridade repetida; devia ser bem profundo aquele poço. Tentei puxar a corda da roldana para ver o que havia na extremidade, mas desfiou-se entre as minhas mãos. A polia rangeu, reverberando o eco abafado do fundo do poço.

Não sabia o que estava fazendo, mas tinha certeza de que era bom assim.

Aquilo que havia ao redor formava uma pequena cidade, com traços urbanísticos um pouco retrógrados; tudo parecia degradado e abandonado quem sabe há quanto tempo. Fazia pensar em uma cidade sitiada, pela qual havia acabado de passar um exército de vândalos. Os velhos edifícios desmuravam como crostas já secas, os becos eram escuros e estreitos, alguns latões de lixo ampliavam o fedor respirado, ratos procuravam comida entre os sacos plásticos, as janelas não tinham caixilhos nem as portas maçanetas, o terreno era inseguro e irregular, a iluminação do único poste confundia as verdadeiras cores, tornando o ambiente pobre de nuances e contrastes.

Não parava de puxar a corda para cima, mas nunca se via o fim, era bastante profundo aquele poço. O que teria acontecido se tivesse me atirado nele? Pensei sobre isso e não excluí a ideia de fazê-lo realmente. De todo modo, era imortal. Pelo menos assim parecia.

A corda escorregou das minhas mãos. Precipitou-se rapidamente e quase não consegui agarrá-la a tempo. Quando uma ponta tocou o fundo, ouviu-se um mergulho na água e depois gritos fortes, de desespero, vozes que continuavam a berrar, agitando-se na água que parecia subir e chegar em minha direção como um gêiser. E as vozes, claras e angustiadas, lamentavam em ganidos que transbordavam do poço como gigantes a urrar.

Afastei-me alguns passos e pela primeira vez tive medo. Aquele halo de heroísmo, do qual vinha me sentindo orgulhoso, desapareceu por um momento.

"Quem está aí embaixo?", gritei, inclinando-me. Silêncio por um instante. Depois retomaram.

Pus-me a correr olhando apenas para o chão; distanciando-me, as vozes ecoavam cada vez mais fracas. Cheguei a uma porta desgastada, com arranhões sobre toda a superfície. Toquei naquela porta e a madeira era seca e áspera. A minha mão, insegura, empurrou-a e dentro só encontrei escuridão. Procurei um interruptor e o localizei exatamente no ponto em que ficava o do meu quarto. Uma lâmpada, como a que tinha na minha mesa de cabeceira, acendeu. Simultaneamente, estranhas figuras sentadas às mesas, naquilo que parecia ser uma taberna, começaram a conversar.

Imóvel na entrada, com uma mão no interruptor e a outra na maçaneta, fiquei boquiaberto, incrédulo. Aquelas pessoas pisavam nos pés uns dos outros e insultavam-se. Algumas atiravam objetos no ar e blasfemavam sobre a virtude divina.

Ninguém tinha reparado em mim, mas sabia que se tivesse tentado sair, não teria passado despercebido. Havia uma escada levando a um balcão superior, onde dois homens, um vestido de marinheiro e o outro de pedreiro, desafiavam-se a uma luta de floretes.

Um passou por mim e me cuspiu direto na cara. Depois voltou e sentou-se. Fiquei parado, quieto, sem dizer nada. Ele era inexpressivo, como os demais, mas não parecia satisfeito com o que havia feito.

Chamaram minha atenção um rapaz e uma moça, sentados à mesa mais próxima de mim. Eram os únicos que não falavam, inertes como dois manequins, e, por certo tempo, pensei que o fossem realmente; olhavam-se fixamente nos olhos com uma velada expressão zombeteira, como se jogassem "quem ri primeiro". E os olhares eram sempre iguais, suspensos entre as quatro pupilas, não mudavam nunca, olhares de desilusão, de forte amargura, de esmorecimento. O da moça vinha suavizado pela testa larga e os cabelos louros que lhe caíam sobre o rosto, escondendo seu olho esquerdo pela metade. No rapaz, os olhos se escondiam entre espessas sobrancelhas.

Enxuguei com a beirada da camisa o cuspe que escorria pela minha fronte, pensei em sair, mas para fazer o quê? Queria ver até onde chegaria tanta loucura.

Retirei a mão da maçaneta, que ficara úmida do meu suor, e a porta bateu ao fechar. Ninguém notou. Nem os jovens que permaneciam próximos, sempre imóveis mirando um ao outro.

Lentamente me movi na direção deles, tentando timidamente capturar seus olhares fixos. Perguntei em voz baixa aonde tinha ido parar. Não responderam, pigarreei, repeti uma segunda vez, mas nenhum dos dois respondeu, nem me dignou distraidamente uma piscadela. Da terceira vez gritei, tentando apoiar a mão sobre o ombro do rapaz. Passei a mão entre seus rostos como querendo romper o encantamento que parecia ligá-los. Essa tentativa também não deu em nada.

O homem que havia cuspido em mim repetiu a mesma ação, só que onde antes estava a minha cara, agora havia um grande quadro como aqueles para jogar dardos, apoiado em um prego enferrujado na parede. Todos pareciam repetir constantemente as mesmas idênticas ações, de modo mecânico, maníaco. São loucos?, qual outra explicação?

Comecei a me sentir protagonista da situação.

Não consegui acabar a volta pelo local, por azar esbarrei em um rapaz descalço com um terno azul; perdi o equilíbrio e caí. Tentei levantar. Foi quando não se ouviu mais nenhuma voz. Tudo parou, e cada olho dirigia-se direto para mim. Cada pupila, até dos dois que duelavam com os floretes.

Subitamente a situação tinha sido revertida e, de excluído, passei a ser o único observado.

Havia rompido o círculo vicioso? Mas em qual manicômio tinha ido parar? Se a fantasia tivesse como se perder em luxuosas reviravoltas e viagens oníricas, com certeza não chegaria a imaginar tanto.

Entre eles, um homem com o torso nu e duas tatuagens sobre o peito, empurrando-me, jogou-me ao chão, fazendo-me bater novamente com a cabeça.

Do solo, via as faces sujas daqueles párias, grunhindo como porcos, enquanto o suor deles gotejava sobre o meu rosto, confundindo-se com o meu.

Isso é o que se podia chamar de inversão de posições.

A ideia de que toda aquela gente fosse somente louca, e eu o único capaz de me sobrepor àquelas mentes doentes, tendo a presunção de poder dominar a cena, em poucos segundos se transformou, fazendo-me passar de predador à presa.

Pela segunda vez, aliás não, pela terceira, encontrei-me deitado com a cabeça no chão, perguntando se estava vivo ou morto. Ou o que quereria dizer a essa altura estar vivo ou morto?

Do alto, alguém me deu um chute na cara, e em seguida os outros também começaram. Lembro que as solas dos sapatos eram amarelas. Tentava defender o rosto com mãos e braços, mas não havia modo de evitar ser pisado. Senti as forças diminuírem, os sons se tornarem mais abafados e insensíveis, as pernas, que até pouco antes tentavam dar chutes, moviam-se cada vez mais lentas, e minha vista não conseguia focar nem mesmo seus vultos. Estava perdendo os sentidos, quando aquela diatribe humana parou de me golpear. Ninguém mais gritava. Tudo estancou novamente.

Por um momento recobrei a consciência e me esforcei para não desmaiar. Olhavam todos em direção à entrada, reverentes diante de um homem que me colocou no ombro e me levou para fora. Antes de sair apagou a luz e fechou a porta. Deixei-me levar dali sem opor resistência, aquela pessoa parecia querer me ajudar.

Via os pés descalços desse homem alternando-se adiante, primeiro um, depois o outro. Tinha uma passada segura e caminhava sem parar.

Quando acordei uma das maçãs do rosto estava sangrando e o lábio inferior cortado; o sabor do sangue mais amargo e enferrujado do que o habitual.

O homem que presumia ter-me salvado estava sentado sobre um tamborete e bebia em um galão, talvez com água. Um gato preto olhava-o com a cabeça inclinada para a esquerda e a sombra das suas orelhas pontudas refletia-se na parede.

Eu estava sentado, apoiado a uma parede, com as pernas estendidas sobre o piso. Instintivamente olhei para o relógio. Sempre parado.

Aquele homem, com o rosto ensombreado, virou-se e me estendeu o galão.

"Tome, beba... Afinal, não serve de nada."
A sua voz era acre e sofrida. Bebi e tentei falar, assim que senti o alívio da água refrescar a garganta.
"O que quer dizer não serve de nada?", perguntei.
"Significa que não podemos aliviar a sede com a água ou preencher o vazio ainda que com o sofrimento. Aqui estamos condenados a sofrer, e nenhum dos nossos sentidos se satisfaz, não experimentamos sentimentos, nem mesmo de ódio, raiva ou dor. Nem desconforto, nem frustração. Vemos apenas escuridão, uma escuridão plana, insensível, comer e beber não nos sacia, nem dessedenta. É improvável que palavras como amor, calor e paz tenham conhecido algum dia este lugar. Somente esforçando-me muito para pensar em uma agradável sensação já vivida, o escuro ilumina-se dentro de mim. Ainda que chore, não sinto tristeza, e se me lacero não sinto a dor."
Olhei-o franzindo o cenho. Estava bastante perturbado, falava rápido e eu não conseguia seguir seus raciocínios tortos.
Perguntei-lhe o que estava acontecendo, o que era aquele lugar onde tinha acabado.
"Estamos no inferno?"
Quando ouviu essa palavra, desatou a rir; eu não via nada de cômico naquela pergunta, mas a esse ponto, encontrar algo compreensível havia se tornado ainda mais absurdo.
Disse-me: "Chame como quiser, não faz diferença se inferno ou Niflheimr, pois este, se não me falha a memória, era o inferno na cultura escandinava." O que mais aumen-

tou o meu estado de confusão foi exatamente a sua incerteza e o escasso conhecimento do que o circundava.

"Estamos abandonados ao sofrimento, meu amigo, o que quer que lhe explique? Também gostaria de entender", disse, fixando o lampião.

"Eu bebi e sinto-me refrescado, e sinto dor pelas pancadas que recebi", disse, tocando com um dedo o lábio ensanguentado.

O homem levantou-se do banquinho e veio ao meu encontro, abaixou-se à minha altura, seu rosto sob a luz tornou-se mais claro: tinha uma cabeleira desgrenhada e volumosa que lhe escondia os olhos, e rugas mais amassadas do que a camisa que vestia.

"Meu amigo, você não está morto. Por isso pode ter sentimentos e aproveitar os seus sentidos." Ouvir aquelas palavras fez-me esquecer tudo por um momento, senti-me leve, além do quarto escuro e da parede suja na qual apoiava as costas. Não conhecia e muito menos confiava naquele homem, mas onde não existe o dinheiro, pensei, é difícil encontrar alguém disposto a sacanear.

Do lado de fora parecia haver gente correndo e um deles, ao tropeçar, bateu contra a porta que fechava o quarto onde estávamos.

"Amigo, mas você está me escutando?"

"Desculpe, pensava naquilo que me disse. Logo, não estou morto. E como você pode saber?"

"Não é a primeira vez que me acontece ver aqueles como você. Chegam de vez em quando, nunca sei de onde vêm, e do corpo emanam um forte calor, uma energia que parece viva, como uma espécie de aura." Agitava as mãos no ar, como se quisesse desenhá-la.

Estava claro que não conseguia vê-la, ele percebia nos outros, naqueles que a seu ver não estavam mortos, e sim vivos como eu. Por isso aquela gente, logo antes, agrediu-me.

"Quando entrei, não aconteceu nada. Fiquei em pé diante da porta, incrédulo daquilo que estava vendo. Depois, sem querer, esbarrei em um deles, e então tudo começou. Mas não era minha intenção deflagrar aquela balbúrdia."

"Eles percebem que o sangue que corre nas suas veias tem vida, e o desalento que sentem, por estarem condenados a sofrer para sempre, leva-os a esse comportamento, agredindo por inveja."

Enfim, estava falando com um morto. Decerto nunca nenhuma experiência foi mais interessante.

"E você é um deles? Por que fala como se não fosse?"

"Somos iguais. Estou aqui nem sei há quanto, mas sei que é tempo demais, e agora já estou habituado. Você acabou na cidade vizinha ao poço, onde estão aqueles recém-chegados, que ainda não sabem o que os espera. Abandonei-me a este infausto destino. Aqui é tudo terrivelmente igual. As cores não existem, são todas desbotadas, como as luzes, aliás, e as casas, e as ruas, e quem as povoa. É uma lúgubre metrópole, como todos os pecadores que a habitam, que se arrastam por ela e lhe vomitam em cima dor, sofrimento, arrependimento e desalento. Mas você reparou à sua volta? Sinto-me vazio por dentro, como uma garrafa de plástico movida pelo vento, batendo de um muro ao outro, sem contenção, sem coerência, pelo gosto de fazê-lo."

Atento, olhava o homem e quebrava a cabeça para manter juntos os seus raciocínios contorcidos. Estava calado e ele falava incessantemente. Tinha se levantado e havia começado a gesticular, dando tom e expressão à sua dialética. Caminhava em volta do banquinho como se estivesse enunciando o seu argumento de defesa. Era um bom orador.

"Desculpe, mas e então, neste lugar de condenados, como você o chama, o que estou fazendo?"

"Ah, isso você deve perguntar a si mesmo. Como é que posso saber?"

E começou a rir, coçando a cabeça.

"Estava na encosta de uma montanha com um homem careca de bigodes brancos que de repente desapareceu deixando-me sozinho; transtornado e em estado desordenado, tomei a louca decisão de me lançar no vazio para ver se era tudo um sonho ou se era realidade."

Contei de um só fôlego a minha breve experiência. Ele permaneceu em silêncio, não me interrompeu nem fez perguntas; limitou-se a me escutar com a testa contraída, tinha medo de que não estivesse dizendo a verdade, que estivesse escondendo alguma coisa, mas ao final não perguntou nada.

"Mas se é imortal, aqui embaixo?", inquiri, enquanto o homem me fixava profundamente.

"Imortal é somente a bazófia do homem de pretender ter algo de eterno entre as mãos." Depois do quê, houve um verdadeiro silêncio, ele virou-se, dando-me as costas, e recolheu uma pedrinha no chão. Refletindo sobre suas palavras, não pude deixar de pensar sobre a veracidade daquela frase: a esperança do eterno, sempre ela geradora de temores, precisamente aquela angústia e aquele medo que haviam condicionado a minha vida a tal ponto de me tornar seu escravo. Emoções mais fortes são vivenciadas estando em contato um com o outro, confrontando-nos, amando-nos, é tão forte aquela sensação de prazer que a esperança de sua eternidade recorda-nos exatamente a sua finitude, mas a fé no eterno faz com que a vida pareça mais bela. Quando, porém, alguém que nos é caro se vai e no dia seguinte não o encontramos mais na cozinha tomando o café da manhã, o vazio é tão profundo que aquele vislumbre de fé é pequeno demais para preencher a fenda. Quando perdi mamãe, e quando me dei conta de que Carlo não voltaria para casa, provei intensamente esse tipo de sensação. Tenho, enfim, a certeza de que aquele eterno tão esperado é apenas poesia ordinária.

O meu relógio estava parado, mas continuamos a falar, seguramente, por mais da metade do dia.

Tentávamos ter uma noção, enxergar com clareza. Ele, no fim das contas, sabia pouco mais do que eu, falava por experiência, pelo que havia visto, por aquilo que havia ouvido. Sabia estar ali, ele como todos os outros que vagavam por aquela metrópole degradada, mas não sabia o porquê, não sabia mais se a palavra propósito tinha nexo, se mesmo as palavras vida e morte faziam sentido, se tinham um significado.

O tempo não existia, era chapado, não havia relógios ou outras referências temporais. Não teria feito sentido analisar os segundos, os minutos, as horas, visto que não havia diferença entre um instante e outro, todos iguais, não havia nada nem ninguém a esperar, nem trabalho, nem o que fazer, não havia nada a saber. Ele não tinha perdido a esperança, apesar de tudo esperava que mais cedo ou mais tarde alguma mudança viesse a acontecer. Não importava qual.

"Chame se quiser de ilusão mas, de qualquer modo, em algo devo acreditar", desabafou o homem.

"Mas por que, afinal, é preciso acreditar em algo para estar melhor?", continuou ele, como que a tentar se convencer do contrário.

"Está me perguntando?"

"Não, mas será preciso crer em algo para poder estar melhor? Não bastamos nós?"

"Às vezes sim, outras não... mas se aquele credo é sentido por dentro, por que não deveria senti-lo?", disse ao homem, que pareceu alentado.

"Desculpe, mas como se chama?", perguntei.

Ele não lembrava o seu nome, ninguém era nomeado, porque a identidade havia desaparecido, estava morta, naquela cidade-fantasma ou limbo que chamava vida.

Enfim, me encontrava perdido em um vale de mortos, falando com um que não sabia nem o seu nome, nem como eu ou ele tínhamos chegado ali.

Falou quase o tempo todo, e sempre ele; por mais que tentasse entrar na conversa, sua compulsão em falar era de tal forma sistemática que me deixava sempre de fora. Procurava sentir-se vivo.

O próprio falar era desejo de demonstrar o que quer que fosse. Tentava provar que naquele momento ele estava ali, tentava existir, exaltar a sua verdade.

E assim pensei em minha preguiça, a mesma que antes de deixar Roma estava me devorando, tolhendo-me o gosto de criar e sentir prazer, e que o lugar em que me encontrava agora era o exemplo mais claro de onde o destino me havia levado. Tinha imaginado idealmente outro tipo de viagem, menos violento, menos angustiante.

Onde estava, no entanto, deixava-me curioso, sentia vontade de ir em frente e compreender mais, havia um vazio que em pequenas doses ia se preenchendo, e ali entendi que o que existe de mais importante é nunca pretender que haja muita verdade naquilo que se vê, que se sente e que se pensa.

Só o que jogava sobre mim a maldita ansiedade era aquele poço. Contou que ele também se sentia aterrorizado com isso, e passava sempre ao largo, não tivera coragem de olhar lá dentro, dizia-se que embaixo ficava a parte mais obscura da cidade, aquela que ninguém conhecia.

O gato vagueava pelo quarto agitando sinuosamente a longa cauda branca com listras pretas, e quando lhe passou próximo, o homem o pegou no colo e começou a acariciá-lo docemente, na cabeça e em direção ao rabo, descendo por todo o dorso. O pelo do gato uniformizava-se com a passagem de sua mão como se estivesse sob uma escova. O gato cerrava os olhos e seguia com a cabeça, em sentido contrário, o movimento da mão do homem. Disse que sonhava apenas por um instante poder experimentar a mesma sensação de paz e relaxamento. Com os olhos inchados, soluçando, disse que teria se contentado até mesmo em sentir o sabor das lágrimas e do sofrimento, de modo a não ser insensível como uma pedra. Sentia-me constrangido, um vivo (pelo menos assim dizia ele) diante de um morto. Quanta importância dada à vida, não se deveria nunca levá-la tão a sério.

Uma pergunta dele me perturbou; quis saber quem eu tinha deixado na outra vida, perguntou dos que me estavam próximos e se tinha irmãos. Passou diante de mim, cegante como um raio, o rosto de Carlo; deitado ao lado do meu, sangrava. Apertei os olhos para focalizar aquela imagem, mas não consegui. Depois, vi uma janela com o vidro quebrado e cacos ao redor dos nossos corpos, e foi então que me lembrei daquela pedrinha que faltava no mosaico: o ladrão que havia entrado no meu quarto em Dublin para me roubar era meu próprio irmão. Tão absurda lembrança, que a minha mente a tinha removido.

Tinha ocorrido uma luta no quarto, estava escuro, não via nada, tinha o rosto coberto, e dali saímos, precipitando-nos janela abaixo. Não foi intencional, todavia o desfecho foi o mesmo.

Tinha sido assassinado pelo meu irmão? Quer dizer, assassinado talvez não, mas algo no gênero. Eis o que acontecera na realidade, por isso estava ali. Agitei-me perturbado, tomado de tensão, suscitando a atenção do homem, que me perguntou o que estava acontecendo.

Gostaria de não pensar a respeito e guardar para mim. O gato passou na minha frente. Tentei passar-lhe minha mão, mas ele escapou. Miando, correu em direção ao dono.

Não deu tempo de contar a minha estória, uma voz me interrompia. Uma voz altiva, com uma pitada de rouquidão e um timbre tão baixo que se perdia no ar.

Era o homem careca com o bigode branco que antes tinha se volatilizado no nada. Permaneceu em pé com o corpo inclinado à esquerda e o ombro apoiado no umbral da porta.

Fitei-o intimidado, com a expressão de quem tem algo a esconder, sentindo-me culpado ainda que não falasse.

"Está se divertindo?", disse-me, inquisitório, com os braços cruzados.

O homem que se encontrava comigo no quarto ficou confuso, alternando o olhar entre mim e o recém-chegado.

"E você quem é? Como foi que chegou aqui?", perguntou o homem, segurando o gato.

"Não se agite. Vocês falaram até demais, agora é hora de ir."

Empalideceu por um momento, certo de não conseguir compreender, depois ele começou a investir contra o homem dos bigodes brancos, queria uma explicação.

Assim, estava em meio a uma discussão, e sentia-me como o pano vermelho entre o touro e o toureiro.

O homem do bigodinho branco permanecia impassível, de braços cruzados, nada o atingia; o outro, por sua vez, esforçava-se e gritava.

Desencorajado por não encontrar resposta, perdeu também a vontade de gritar. Sentou-se amuado e passou várias vezes a mão pelo rosto, como se quisesse mostrar a dor que não existia.

Gostaria de defendê-lo, mas não saberia o que dizer. Aquele homem merecia complacência, mas aquele outro, que se acreditava Deus, não queria lhe dar e mantinha alta a sua prosopopeia.

Dentro de mim, convencia-me da hipótese de que realmente não havia morrido, era por demais o centro das atenções para ser simplesmente um qualquer. Mantive-me calado e esperei que os dois terminassem. O homem do bigode branco virou o nariz, apontou o seu olhar arrogante na minha direção, incitou-me a segui-lo. Havia muito a caminhar, dizia. O outro permaneceu sentado, imóvel, com o olhar perdido no chão. Não disse mais nada.

Antes de sair me despedi, estava a ponto de tocar o seu ombro, mas não o fiz. Disse apenas um tchau, ele não respondeu, levantou debilmente a mão em um cumprimento indiferente.

O gatinho pulou do colo do dono, que logo o pegou novamente pela nuca, e juntos desapareceram no fundo do quarto. Desde aquele momento, não o vi mais.

Acreditava que aquele gato também estivesse vivo, como eu, porque quando foi pego soltou um miado, como um gemido.

Uma vez do lado de fora, percebi que estava de novo sozinho. O homem careca com o bigode branco havia desaparecido novamente. Virei-me e a porta de onde tinha acabado de sair não existia mais.

"Mas que jogo é esse¿!", gritei.

Caiu um pequeno objeto, uma folha, uma pluma, não sabia bem até que o recolhi e vi que era papel. O enforcado, de novo ele! A carta do tarô.

Depois uma voz sibilou: "Soren, estou aqui."

Sofia sentava-se em um sofá de cor vermelha, com um vestido de idêntica tonalidade, pareciam formar um conjunto. A luz foi acesa e encontrei-me em pé sobre um tapete persa de cores fortes, as paredes eram adornadas com tapeçarias e, difusa no ar, uma agradável sensação arábica de especiarias que queimavam em um recipiente.

Sofia convidou-me a sentar, pegou uma ampulheta e advertiu-me: "Temos tempo de falar até o último grão de areia, depois do quê, tudo voltará a desaparecer." Virou-a e colocou-a sobre a mesa.

E a areia começou a descer.

15

A AREIA DESCIA LENTAMENTE pela pequena fissura. Os grãos ordenavam-se em fila, formando uma pirâmide com a ponta em contínuo movimento. Sofia estava lindíssima, sentava-se relaxada, apoiando-se enviesada no braço do sofá. Um olhar tão sereno e hierático como eu nunca tinha visto. Não lhe importava onde se encontrava, mantinha-se despreocupada, olhando em minha direção e sorrindo jocosa.

Espantava vê-la assim, vestindo todo aquele vermelho, tão real a ponto de parecer viva, oh! Deus, talvez estivesse. Eu próprio a tinha visto balançar sem vida com uma corda no pescoço, eu a tinha descido, tinha constatado seu coração parado. Aquilo seguramente não era um sonho. Ou pelo menos me parecia estar acordado.

A ampulheta continuava a escorrer, ali onde o tempo não tinha uma dimensão própria, enquanto nervoso eu procurava uma posição confortável no sofá. Havia um outro defronte ao seu, sentei-me ali.

"Encontrou a minha carta, Soren?", disse rapidamente Sofia.

"Sim, mas me escapa o significado deste arcano." Trazia a carta de tarô na mão e lhe mostrei. Era idêntica àquela outra. Sofia hesitou um instante, queria sentir-se abrigada antes de começar a falar.

"Creio que você já tenha entendido, mas quero lhe dizer assim mesmo. Conforme escrevi na carta, os meus pais morreram devido a um acidente aéreo, quem sabe, o mesmo no qual morreu também seu pai. Minha mãe era uma cartomante e dizia-me sempre: 'Previna-se do enforcado', tirava-o fora do maço, e o enfiava na minha cara. No final, aquele arcano acabou sendo o símbolo da minha existência, ele me perseguia e nunca consegui me livrar dele, melhor dizendo, somente agora consegui, mas tirar a própria vida é realmente uma covardia."

"Em você via um outro enforcado – continuou ela –, um que leva uma vida que não é sua e ri, está contente por estar pendurado, e não faz nada para sair daquela situação. Agora, porém, o vejo aqui, e imagino que você tenha cortado aquilo que o prendia pelos pés, de cabeça para baixo. Pelo menos você caiu."

Sim, pensei, mas no entanto não me matei, e não acredito que esteja morto.

O que mais podia dizer? Ela havia sido capaz de ler em mim mais do que qualquer outro. Uma garota atípica, com quem passei pouco tempo, evidentemente dotada de uma rara sensibilidade, que eu não havia percebido, capaz de espiar escondida até dentro do meu inconsciente. E havia intuído, havia percebido. Isso acontece num instante, não é necessário esperar tanto. As percepções são verdadeiras apenas se não são racionalizadas.

Pensei no mar e fechei os olhos. Sofia não falou mais, a fumaça do quarto tornou-se mais densa e o cheiro de canela, mais forte e penetrante. O sofá me puxava para baixo e quase conseguia sentir o rumor do mar dentro de uma concha. Uma manhã de sol incerto, o mar agitado e eu sozinho em uma praia onde a areia era escura e grudenta. Quando caminhava sentia enfiar-se sob as unhas e formar uma segunda pele sob os pés. O mar lançava-se com violência sobre a orla, que a cada onda perdia terreno e se encurtava mais. À minha volta, ninguém. Nem mesmo um caranguejo, um seixo, nenhum ser vivo. Ouvi gritos vindos do meio das ondas, não parecia longe, embora não desse para ver ninguém. Assim como estava, sem mesmo tirar a roupa, começava a entrar na água, com a primeira onda me engolfando. A maré não estava alta e conseguia caminhar, apesar do jeans aumentar o atrito e dificultar meu passo. O vulto que pedia socorro tornava-se mais nítido, e a sua voz eu não podia deixar de reconhecer: era meu irmão. As pernas começaram a mover-se mais velozmente, e o passo mais ágil. E no entanto continuava sem ver ninguém, mas a voz parecia estar ali bem diante de mim. Atrás, ninguém. A margem agora estava distante e a água chegava-me até os ombros. Gritei: "Carlo, é você¿ Não o vejo, Carlo, onde você está¿" Ele me respondia: "Estou aqui, não me abandone, estou me afogando! Soren, me ajude, me dê a mão!"

   Carlo não estava ali! Poderia jurar. A aflição de ouvi-lo e não poder ajudá-lo empurrava-me além, com os braços para frente comecei a nadar com a cabeça alta, tentando encontrá-lo. O mar tomou-me sob seu controle, juntos dançávamos uma valsa, mas não sabia dançar e era somente ele a me arrastar. Nunca havia aprendido a nadar, fingi esquecer-me disso, mas quando comecei a tossir por causa da água engolida, lembrei-me bem depressa. "Carlo", gritava, "Carlo!"

Carlo não respondia, eu estava sozinho no meio do mar, quanto mais me agitava, mais afundava. Gritei até a água cobrir-me a cabeça e sufocar a minha voz. Uma sensação de asfixia, a água nos pulmões, as bolhas que subiam à superfície. O último grito ouvi tão forte que acordei do pesadelo, com a boca seca e o coração a mil, molhado de suor, como se fosse da mesma água do mar no qual me afogava.

Tinha adormecido sobre aquele sofá. E havia sonhado.

Não havia mais ninguém no sofá em frente ao meu, Sofia tinha desaparecido. O quarto estava vazio, apenas tapeçarias e tapetes, lembro-me do ambiente ser tão relaxante que devia me esforçar para não cair no sono novamente.

Aquele pesadelo era recorrente, sempre com a mesma praia, o mesmo mar, e deixava-me na boca o mesmo sabor salgado de derrota. Nas noites seguintes não conseguia mais voltar a dormir. Ficava com o braço dobrado atrás da cabeça, que pesava nele. E assim repeti também daquela vez, que foi diferente de todas as outras, porque o estremecimento, o medo de tornar a fechar os olhos não existia, tinha me libertado e revigorado.

Não havia abandonado ninguém, muito menos meu irmão, mas o sentimento de culpa me devorava, tão aguçado ou implacável que reaparecia sob forma de sonho, ou melhor de pesadelo, revivendo a ideia de não ter sido um bom irmão e de ter abandonado Carlo sozinho, entregue ao seu destino. Racionalmente, não me sentia culpado por isso, certamente não fui eu a empurrá-lo para fora do carro. Talvez estivesse procurando apenas acomodar a consciência, é assim que se faz nesses casos. Talvez devesse até lhe agradecer, porque aquilo que estava acontecendo já me transformara, e o artífice indireto de tudo isso fora o próprio Carlo.

Quem sabe onde estaria agora meu irmão, aquele com quem dividia o beliche e que, à noite, lá debaixo, sempre chutava meu colchão. Como o detestava quando fazia isso. E como me faz falta agora. Se fosse possível saber isso antes... Se, se, se, uma vida de incertezas. É possível voltar o relógio até o princípio de tudo? Se fosse possível... se.

Minha única vontade era adormecer e não ter pesadelos, nem mesmo sonhar, apenas a escuridão, que dá a sensação de não se poder ver, o que não é verdade, uma vez que a realidade não deixa de existir e se faz presente quando se caminha sobre ela; realidade essa que é sensível e cheia de lembranças como uma cicatriz recém-adquirida.

Essas recordações continuam vivas e são alimentadas pelos sons que se ouve mesmo de olhos fechados. A visão é inerente à nossa existência, sendo fruto da fantasia e imaginação.

Por um momento houve a escuridão e nela vi que sua beleza estava ausente. Com a consciência de que tal viagem não se acabaria, guardei tudo aquilo que certamente teria buscado fora dali, afinal, a verdadeira jornada encontrava-se em mim, sendo desnecessário afastar-me, ir tão longe de casa e, quando a escuridão me envolver, devo manter os olhos cerrados e passos delicados, procurando equilíbrio na sinuosa superfície do medo.

Nesse equilíbrio entre fracasso e sucesso, o medo vil e oportunista está sempre presente, mas não se mostra como trauma e sim um meio para entender onde falta segurança, para restabelecer a firmeza e a harmonia perdidas.

Era esse equilíbrio que Sofia gostaria de ter atingido, porém não conseguiu para ela, mas para mim. O enforcado havia descido e tentava agora recordar como faria para caminhar. A única recompensa da fuga é o abandono. Devo me entregar ou me rebelar e me desfazer de todas as máscaras e fantasias?

Prefiro ser louco e sonhar a enfeitar-me para o carnaval.

Meu olhar recaiu sobre a ampulheta, a pirâmide de areia estava agora completa e os últimos grãos desciam imperceptíveis, dei-me conta apenas do último porque, quando caiu, ao meu redor tudo mudou de novo.

16

Vi um parafuso cair, bater com a ponta sobre o meu sapato e ir parar sobre o chapéu de um velho. Vi aquele senhor bater ferozmente uma concha sobre um barril enferrujado, do qual gotejava vinho tinto viscoso como sangue. Vi o olho cicatrizado de um homem fixar meu rosto e me paralisar.

Ao longe, reconheci um olhar aborrecido e hostil, já o tinha visto alhures. Não havia passado tanto tempo desde a última vez. Senti um prurido alérgico, estava enfeitiçado a fixá-lo como se hipnotizado pelo fogo de uma lareira. Era uma senhora de meia-idade, sim, agora a reconhecia, aquela que no aeroporto esbarrou em mim, fazendo cair minha passagem, e logo em seguida entoou frases curiosas. Ela estava distante, mas aquela densa cabeleira era inconfundível, batia palmas para mim, havia um grande alarido e não distinguia as suas palavras.

Afastei dela o olhar e foi como emergir, flutuando, de um torturante torpor. Estranhos diálogos penetravam nos meus ouvidos, eu escutava os sons, sussurros, mas o sentido de tudo aquilo era obscuro. Não entendia quem estava falando, de onde vinham aquelas vozes, pareciam vir detrás, mas virando-me não via ninguém. Tentei à direita,

mas nada, à esquerda, acima, abaixo, de novo atrás; não havia nada.
Veja, a lâmina ainda está afiada. Estou vendo, estou vendo, mas não creio que corte. Tem certeza? Absolutamente! Olha aquele esquilo, se corre sobre a palma quer dizer que está com fome, olha como faz: toma impulso e corre sobre os ramos que se inclinam à sua passagem, enquanto ele, amedrontado, diminui o passo e prossegue devagar. Tem medo de cair, entende? Por isso afrouxou o passo!

Diálogos desprovidos de sentido, sem coerência, não havia lógica naquelas frases, tanto que nem me esforcei para compreender o significado.

A mulher, distante, continuava a me observar e a mover a boca, resmungando quem sabe o quê.

Só tinha uma certeza, a de que agora nada mais poderia me surpreender; qual outro absurdo poderia surgir, além daquele que constantemente se apresentava diante de mim?

Foi então que, na moldura de uma velha janela, vi meu irmão acenar na direção oposta à minha. Balançava a mão sem dizer nada. Achei que estava cumprimentando a senhora da densa cabeleira, virei-me e atrás de mim vi Laura. Meu irmão, Laura... parecia que estava enlouquecendo!

Caminhava em direção ao poço. Sim, de novo o maldito poço! Não estava no lugar de antes, no entanto era idêntico, não podia ser outro. Laura estava vestida de branco, com um chapéu preto listrado, olhava para mim entristecida, caminhava vacilante, de um lado para o outro, com as mãos nos quadris; fitava-a temeroso, surpreso, inamovível.

Virei mais uma vez, agora na direção do meu irmão, ele permanecia ali, acenando para Laura. Ninguém dizia nada. Eu, tampouco.

Quando chegou em frente ao poço, Laura pôs-se em pé sobre ele, deu-me um fraco adeus e sumiu em seu interior. Caiu dentro do poço no sentido de ter-se deixado cair – por vontade própria. Mantive-me imóvel, esperava gritar, correr ao seu encontro, agir de algum modo, mas não que ficasse petrificado com os braços cruzados. Por que não grita, Soren? Fiquei impassível, insensível, faminto de palavras, não mexi nem um dedo. Parecia que não era eu a controlar as emoções, mas outro, o meu eu mais profundo talvez, o único verdadeiro. Tive uma sensação forte, uma dor, mas uma dor que finalmente estava cessando. Senti libertação, não abatimento; senti alívio, não cansaço.

Mas o que estava fazendo Laura em meio àquilo? E por que agora que se atirou no poço tenho um sentimento de alívio tão estranho, tão recuperador? E meu irmão, onde foi parar?

"Há uma resposta para tudo isto, Soren."

Aquela voz sobressaltou-me e girei por instinto em sua direção.

"Sei que lhe parece absurdo tudo aquilo que viu e que está vivendo, mas a vida também tem absurdos, não acha?"

O senhor careca com o bigode branco estava de volta, e ao ouvi-lo falar parecia que conseguia ler as perguntas que se amontoavam entre os meus pensamentos.

"Consegue saber aquilo que penso? Diga-me que acabei dentro de um filme de David Lynch e tudo parecerá mais claro, por favor!"

O homem riu, balançando a cabeça.

"Não estamos no set de filmagem do senhor Lynch, aqui o único diretor é você. Sente-se, deixe que lhe explique."

"Vamos logo ao ponto, sem metonímias e labirintos inúteis, estou bem cheio de não entender."

"Mas você deveria estar finalmente satisfeito por ter-se compreendido."

"Deixe de tentar me animar! Diga aquilo que tem a dizer!"

"Não estou tentando animá-lo, disse-lhe a verdade em uma simples frase. Tudo o que viu, as imagens, as pessoas com quem falou, os locais em que esteve, as emoções que sentiu, foi tudo fruto da sua fantasiosa mente. Este lugar não existe, ou melhor, existe apenas na sua imaginação."

"Então tudo isto é falso?"

"Isso é você quem está dizendo. O que é verdadeiro e o que é falso? Como faz para distinguir? Tente tocar-se neste momento, sei que consegue se sentir; quando olha para mim, consegue ver meus lábios que se movem e pronunciam estas palavras; a ânsia que chego a advertir, você está experimentando realmente; então lhe pergunto: como pode tudo isto ser falso?"

Aquele homem, que acreditava ser a chave de todas as minhas dúvidas, ao contrário havia se revelado um blefe, ainda que não estivesse sentado a uma mesa de jogo.

"Eu achava que estava morto, ou algo do gênero..."

"Digamos que você não está passando lá muito bem, está moribundo sobre um leito de hospital, em um coma bastante profundo."

"Perdão, como é que é¿! E você, como pode saber tudo sobre mim¿ Quem sabe seja Deus¿"

"Deus¿ Não, por favor, evite me dar nomes, não sou nada além de uma minúscula parte do seu inconsciente, sou aquele que costuma abrir gavetas da sua cabeça. Por isso sei tudo de você, estou dentro do seu esquecimento, o seu vazio. Não existo, mas estou lá."

"Cabe à sua vontade me encontrar e me descobrir. E hoje, nesse lugar, suspensos quem sabe onde, entre passado e futuro, em um espaço inexplicável, você encontrou um caminho, seu caminho. Não O caminho, porque existem tantos e cada um parte do coração, da sua existência; adquiriu convicções, abandonou-se àquilo que ao seu redor mostrava-se, e não tendo estória, você lhe deu uma."

"Quer me dizer que tudo isto, a partir da montanha, foi fruto da minha fantasia, enquanto eu, de verdade, estou morrendo sobre um leito de hospital¿ Estes são os meus delírios, portanto¿"

"Bem, não são delírios. Nem todos têm a sorte na vida de conhecer verdadeiramente a si próprios, a maior parte das pessoas atua como dublês de si próprias, serem elas mesmas é excepcional, você bem sabe. Esta é a viagem mais importante que poderia ter feito. Viu a sua realidade, sem ilusões drogadas, sem defesas e máscaras, deixou-se possuir, escutou e se ouviu. Quando se atirou daquela montanha, naquele exato momento, tomado pela mais pura irracionalidade, deixou que tudo aflorasse, parou de tentar entender, e assim entendeu, dando um sentido, o seu sentido, aos perfumes, aos rumores, à sua impressão de infinito, e até a mim, chegando a acreditar que eu fosse Deus. Compreendeu finalmente que para conhecer é necessário parar de racionalizar."

"Tinha a sensação de que algo de particular estava acontecendo, mas não desta maneira."

"No entanto, é assim." Parou um instante, baixou o olhar e coçou a cabeça.

"Vamos lá, faça-me logo a pergunta, de todo modo sei que você tem uma ideia fixa."

E de fato sabia o que estava grudado à minha mente e, enquanto lhe dizia, ele já concordava.

"Laura. Deixou-se cair e senti-me aliviado, mas não deveria ficar assim."

O homem passou por cima do assunto, inclinou-se para amarrar os sapatos, me dando tempo para refletir um instante: então a realidade circundante tinha sido criada por mim, sem ninguém para dizer o que é certo ou errado, bonito ou feio; havia sido cenógrafo, diretor e ator da mesma representação criada do zero, sem um livro, sem uma partitura, sem um conselho, sem ninguém, e livre para poder compreender e representar. Havia conhecido as minhas profundezas mais obscuras e tinha me livrado de questões que acreditava fazer parte de mim. Talvez tenha sido por isso que Laura se jogou no poço? O poço seria a lixeira dos meus falsos medos?

"Gosto desta interpretação. Parabéns!"

O homem levantara outra vez e me estendeu a mão querendo que a apertasse. Dei-lhe a minha com muito gosto e sorri, satisfeito.

"Refere-se ao caso do poço?"

"Você sempre procura respostas, pergunta-se sempre por quê, e é lícito perguntar. O homem é extremamente indagador, as respostas são insuficientes, está sempre em busca de outras, e se essas lhe fossem dadas, também não bastariam, porque tornaria a perguntar e a querer cada vez mais esclarecer e indagar. Não detenho o conhecimento de nenhuma verdade, expliquei-lhe somente o que é este lugar e onde você se encontra. As perguntas que lampejam aqui e ali já têm respostas. E quanto à Laura, deixe que lhe conte apenas esta estória, pois você nunca mais se lembrará de nada."

17

LAURA, COMO A CADA MANHÃ antes de ir trabalhar, passava no hospital, e com frequência cometia infração no trânsito, pois não estava acostumada a dirigir sentada do lado direito. A manhã estava gelada, uma das tantas, nada de novo. Saindo do carro a pressa era tal que esquecera o casaco. Ao entrar no hospital, depois que as portas automáticas fecharam-se, começou a espirrar e a passar as mãos nos braços para se esquentar. Usava sempre óculos de sol pela manhã, mesmo naquele dia quando lá fora já trovejava e os primeiros temporais molhavam as verdes pradarias da Irlanda.

A timidez devida ao seu péssimo inglês foi posta de lado, quando perguntou na recepção onde estava sendo tratado seu amigo, e por um momento ignorou os olhares que comprovavam que sua pronúncia não era perfeita.

Subiu correndo a escada, balançando a bolsa que trazia na mão, deixando escapulir o barulho de chaves.

Antes de escancarar a porta, leu a placa do setor: *intensive-therapy unit*.

O corredor estava silencioso, tentou diminuir o ruído dos saltos sobre o mármore afrouxando o passo, mas era inevitável. Um forte cheiro de álcool a fez espirrar novamente. Assim que leu o número do leito que procurava, tentou chegar perto, mas um homem de jaleco verde e sapatos brancos bloqueou-a, com ambos os braços.

O enfermeiro olhou-a, balançando a cabeça, sem compreender o que Laura dizia. Laura gesticulava para se fazer entender melhor, queria poder entrar, mas aquele enfermeiro era fiel às regras.

Laura abaixou a cabeça e levou a mão ao rosto, tirou os óculos que caíram no chão.

As primeiras lágrimas começavam a borrar a maquiagem. Não saberia explicar, mas era como se sentisse em parte responsável pelo que havia acontecido, claro que ela não tinha nada a ver, mas por dentro sabia, tinha algo a lamentar, e não conseguia se segurar. Desatou a chorar em pé, em toda a sua solidão. O enfermeiro, um pouco embaraçado, tentou um desajeitado gesto de consolo, mas ela o repeliu e sentou-se na cadeira mais próxima. Ele se afastou devagar, voltando ao trabalho.

O médico do setor a reconheceu quando passava, olhou em volta por um segundo, tocou em seu braço e a encorajou a segui-lo. Da parte de Laura, desta vez, não houve resistência. Levou-a diante da porta e delicadamente a abriu.

"Dez minutos, senhorita."

O pranto cessou quase instantaneamente, e com um lenço de papel enxugou o rosto. O papel sujou-se de preto, talvez fosse o lápis que havia passado nos olhos, ou o rímel.

* * *

A maquiagem de Laura; lembra-se dela, não é? Quando se maquiava diante do espelho.
Concordei, esperando ansioso que retomasse o relato.
Quando entrou naquele quarto foi tomada por uma sensação de mal-estar, o bip constante de um equipamento rompia ritmadamente o silêncio, deixando-a também ansiosa.
Sentou-se composta na ponta da cadeira, devagarinho, sem afastar em momento algum os olhos das pálpebras fechadas do rapaz estendido na cama.
Pouco à vontade, não sabia como se comportar em uma situação do gênero, o rapaz estava com um braço fora dos lençóis, mas ela teve medo de pegar sua mão, depois deu um longo suspiro e a envolveu, estava mais fria que as suas.
Não começou aquele teatrinho, quando em geral se fala com o pseudomorto sobre trivialidades, contando como tinha sido o dia, como estava gostoso o frango de ontem à noite, ou outras bobagens do tipo. Ficou em completo silêncio, fechada na sua agitação, apertando a mão dele, enquanto com o pensamento tentava adivinhar onde estava aquele coração que ainda batia.
Havia algo que gostaria de lhe dizer quando tivesse oportunidade. Deveria ter falado antes do ocorrido, mas não tinha se conscientizado de que o tempo é traiçoeiro.
Ficou com ele mais de dez minutos, e ninguém disse nada. Quando o enfermeiro, que pouco antes a tinha afastado, entrou para a visita de rotina, ela retirou a mão que

estava quase grudada à dele, e se levantou. O enfermeiro trocava tubos e conferia os variados aparelhos, enquanto ela enrijecida, afastava-se da cama, e antes de sair recolocou o chapéu preto de listras. Quanto se assegurou de que o enfermeiro não estava vendo, acenou ao rapaz com a mão e saiu, abaixando o chapéu sobre a fronte.

Laura de vez em quando se levantava e com o indicador abaixava uma das lâminas da veneziana que cobria a única janela que separava o quarto do exterior. Teria preferido vê-lo morto do que suspenso no limbo, porque, segundo os médicos, poderia permanecer naquele estado por longo período. Guardava a esperança de que ele não havia ido embora, sabia que estava em algum esconderijo obscuro, brincando de não querer voltar. A visão daquele quarto de hospital não lhe agradaria de jeito nenhum, pensou, era impessoal demais, branco demais, sem subjetividade, e não seria capaz de prever a reação dele na hora em que reabrisse os olhos.

Laura ficou ali de pé, olhando pela janela, por mais alguns minutos. Depois deixou o hospital, desta vez ignorando o ruído dos saltos, e ainda que chovesse, antes de sair, recolocou os óculos de sol.

Acho que não é preciso muita fantasia para imaginar que o rapaz moribundo no hospital não fosse outro além de mim. Aquela estória devia ser real, não sei por que decidiu me contar, disse que depois eu não iria me lembrar de mais nada.

Não me fazia, aliás, tanta falta. Parecia que a havia perdido de verdade desde que caiu naquele poço, porém ela, a Laura verdadeira, não estava certamente morta, pois da própria estória compreendia-se que vinha constantemente encontrar-me no hospital. Mas talvez tivesse morrido algo de mais importante e menos trágico; havia cessado aquele sentimento desgastado que dedicava a ela, tinha conseguido me libertar, ido além do insaciado sentimento. Porque, Soren, seja sincero, para você Laura tinha se transformado numa espécie de divindade. E isso não servia.

O homem confirmou com a cabeça, quando tentou falar, entretanto, sua voz tornou-se indecifrável, parecia rádio de carro na embocadura de um túnel. Retesei-me, acontecia uma mudança, enfim confiava no meu sexto sentido. O homem parou de falar, ouviu-se então um estrondo que as minhas mãos sobre as orelhas não conseguiam aplacar. Sentia-me precipitar em um turbilhão de sons indistintos e imagens cada vez mais desfocadas e fugidias. Estava na borda de um pião enlouquecido, no centro de uma tromba-d'água, dentro de um avião em pane, e não conseguia fugir dali. O homem estava em pé diante de mim, olhava-me com a face serena, esboçando um sorriso inocente e satisfeito. A última imagem que vi foi precisamente aquela, e pouco depois sua mão acenando-me em despedida.

Vozes abafadas, cores desbotadas, uma leve tepidez fulgente, ouvia um som, elétrico, fixo, agudo, ressoava a intervalos regulares como um metrônomo. Sacudido para cima e para baixo, só me restou agarrar-me àquilo.

O barulho cessou. A quietude depois da tempestade. Quando recobrei um mínimo de consciência, e não saberia dizer quando, onde e por quê, tive dificuldade até mesmo de levantar as pálpebras, pareciam ter estado fechadas por séculos dentro de algum sepulcro egípcio.

De uma fresta via filamentos luminosos entrarem e me furarem as pupilas. Acima de mim reconheci um objeto com forma distorcida, parecido com um ventilador, desligado, com três pás coloridas.

18

DAS PESSOAS QUE ENTRAVAM e saíam do quarto até agora não havia reconhecido nenhuma. Todos vestiam jalecos verdes e pareciam não ter braços. Administravam-me provavelmente analgésicos, sentia a cabeça apertada dentro de uma bandagem, meu corpo demorava a responder aos comandos e só o que conseguia fazer era acompanhar as presenças movendo-se ao meu redor. Havia um entra e sai contínuo: elas observavam atônitas cada detalhe do meu rosto, como se eu fosse *David* de Michelangelo; outras, sem jaleco, riam a cada vez que me virava para elas. As vozes, eu ouvia com muito custo, falavam baixo, não sei se para não me incomodar ou para evitar que entendesse, o fato é que todo aquele vozerio amortecido se traduzia em boa companhia.

Quando recuperei um pouco de lucidez, comecei com alguns questionamentos. O mais banal, por exemplo: por que estava em um leito de hospital? Quanto devia desenterrar do passado para reencontrar o caminho que me tinha levado àquele quarto? Não conseguia lembrar o passado, achava que tudo começava bem ali, naquele dia, doía-me a cabeça, era tomado por uma forte enxaqueca nas têmporas, e as recordações eram relâmpagos distantes, de um temporal acabado eras antes.

Um médico se aproximou, verificou minhas pupilas. Falava em inglês com um colega, diziam algo a respeito da minha cabeça, porém mais do que seus rostos, eu olhava impressionado o gesticular de suas mãos em cima de mim, totalmente autônomas do resto do corpo, moviam-se sem lógica, entregues a uma espécie de rito vodu.

É estranho dizer, mas eu me sentia cansado, como se tivesse corrido durante uma jornada inteira. Supunha que já transcorrera um bom tempo deitado sob aqueles lençóis. Procurava repousar e os remédios que circulavam em minhas veias eram tão eficazes, que não me recordo de ter conseguido adormecer tão rapidamente. Desde a primeira vez que tinha reaberto os olhos, dormia e acordava em intervalos irregulares, dia ou noite não fazia diferença, não havia relógios presos nas paredes vizinhas, e meu pulso também estava livre do peso costumeiro. Infelizmente, naquele lugar não havia janela, não sabia se do lado de fora o dia estava ensolarado ou a noite, estrelada.

Entre as tantas vezes que despertei, houve uma em que encontrei energia para falar e perguntei ao enfermeiro onde estava e o que tinha acontecido. Respondeu: "Procure descansar, amanhã o médico vai lhe explicar tudo, o importante agora é que repouse." Era muito pressuroso e me tratava exatamente como se trata um doente no hospital. Não gostava daquela parte, odiava que a enfermeira, ao se dirigir a mim, precisasse forçar um sorriso com todos os dentes, mesmo que na noite anterior, voltando do seu turno, tivesse encontrado problemas em casa.

"Tente relaxar e chame se precisar de ajuda, basta apertar este botão; o senhor sofreu uma batida violenta na cabeça e precisa descansar bastante."

"Pode dizer-me onde estou, por favor?" Estranho era voltar a ouvir a minha própria voz após tanto tempo.

Pensou um instante, não sabendo se devia dizer-me ou não, e então: "Dublin, o senhor está em Dublin."

Não acreditei de imediato. Por que, afinal, estaria em Dublin? Mas depois não achei que fosse possível que um pobre enfermeiro quisesse escarnecer de um zumbi dentro de um quarto de hospital, apesar de que, de todo modo, precisava encenar o seu papel. Ao menos não disse isso rindo.

Quando tio Antonio entrou, parecia que não me via há anos, aliás, era como se nunca tivesse me visto. Deixava transparecer no rosto o mesmo estupor que me tomou tantos anos antes ao ver *L'Estasi di Santa Cecilia*, de Rafael.

Com a sua calma paterna explicou-me o ocorrido, permitindo-se longas pausas nos momentos mais inflamados, evitando o tom sério e preocupado. Falava rápido como se estivesse lendo uma estória de aventura, e raramente olhava na minha direção. Encontrava-me realmente em Dublin, o tio confirmou. Parecia que tinha decorado um monólogo. Eu permanecia calado e escutava, depois fechei os olhos para avivar as lembranças.

"Soren, você está dormindo? Vai, descansa, terminamos de falar amanhã." E bateu com a mão em meu ombro.

"Não, tio, vá em frente, quando fecho os olhos consigo imaginar melhor. Por favor, não pare, senão perco o fio da meada!"

Ouvia minha voz sair cavernosa, completamente diferente da habitual, mas me agradava, vinha do interior mais profundo, e saía apertada por entre os lábios. Assemelhava-se àquela da manhã quando diante do espelho, concentrado em fazer a barba, cantarolava e escutava a voz sonolenta e grave de quem acabou de levantar, cujo efeito quase eletrônico dura sempre muito pouco. Agora, ao contrário, parecia não acabar nunca.

Estava em coma há cerca de um mês, e em Dublin desde igual período, o que significava que o incidente ocorrera no próprio dia em que chegara. O tio acrescentou que caí de uma janela, em seguida ao confronto com um ladrão que penetrara no quarto com intenção de me roubar, bati a cabeça e entrei em coma. Não se demorou em absoluto nos particulares, quis precisar, porém, que o ladrão conseguiu escapar. "Aquele desgraçado", acrescentou.

Já havia entendido que passara por maus bocados, mas não pensei que chegasse a ser um milagre o fato de ter despertado.

"Não, Soren, foi realmente isto! Você não sabe que mês infernal foi este!"

O coma era profundo, e os médicos não excluíam a hipótese de eu nunca mais acordar. Não me interessava saber em detalhes o que tinha, se um traumatismo craniano, ou o que quer que fosse. Nunca me importei nem um pouco com doenças e afins, talvez seja uma fuga, mas só de ouvir falar começava a temer e tremer. Um mês em coma, em silêncio, sozinho comigo mesmo, a cabeça distante e confusa, enquanto o corpo imóvel desempenhava suas funções vitais.

Nos dias que se seguiram, a equipe médica me visitava com mais assiduidade, otimista com o resultado das análises e me faziam perguntas testando o meu raciocínio e a quanto andavam as minhas lembranças; preocupavam-se com a minha memória, mas surpreendentemente tudo corria do melhor modo possível.

Tio Antonio vinha me ver todos os dias, e até mais de uma vez.

"Soren, tem uma moça aqui fora, esteve praticamente sempre aqui, desde que soube do coma. Quer que a faça entrar?"

Fiz sinal de sim. O tio saiu, e ela entrou.

Era uma garota lindíssima, ergui-me um pouco no encosto da cama, sentia-me constrangido, fraco e estava despenteado, envolto naquelas cobertas. Correu ao meu encontro com os olhos reluzentes e um sorriso estrangulado. Os saltos de seu sapato faziam um ruído infernal.

"Oi, querido, que falta você me fez!" Abraçou-me com força, soluçava, falava rápido e em rompantes. Usava um vestido de cor creme e os cabelos presos no alto. Sentou-se e pegou minha mão. "Então, como está indo?"

A situação pareceu-me embaraçosa, porque não fazia ideia de quem fosse aquela garota. Nunca a tinha visto, mas certamente ela havia me visto, e presumo que me conhecesse até bem, considerando o modo como se comportava.

Não consegui lhe dizer logo que não a reconhecia, falava pouco e, parecendo sofrer mais do que realmente estava, tentava fazê-la entender que não me sentia bem e precisava descansar. Ela entendeu quase imediatamente, beijou-me, levantou-se e saiu, virando-se de novo logo antes de desaparecer. Sorrindo.

A sensação de conhecer alguém, mas não se lembrar minimamente é lancinante, absurda; sufocante, mas também curiosa, porque nenhuma lembrança, nenhuma sensação aflora e você não sente nem dor, nem tristeza, que possa se vincular de alguma maneira àquela pessoa. Seu rosto era tão novo para mim quanto os dos médicos que me cercavam.

Tio Antonio, no dia seguinte, com a pontualidade costumeira, visitou-me. Já estava em um quarto onde havia janela. Entrou todo alinhado e antes de se sentar puxou a veneziana toda para cima; os enfermeiros nunca a levantavam inteiramente.

Colocou um livro sobre a mesinha ao lado da cama, chamava-se *A ânsia do finito*.

"Toma, vai ajudar a matar o tempo. Passei apenas para lhe dar isso, preciso voltar a Roma com urgência por causa do trabalho. Tem uma reunião importante e não posso faltar. Afinal, vi que há alguém para cuidar de você..." Piscou para mim e se afastou.

"Ligo esta noite, assim que tiver terminado."

"Tio, espera um minuto."

"Diga, quer água?"

"Não, tio, nada de água."

"Então diga." Parou preocupado, segurando o sobretudo entre as mãos.

"Aquela garota que veio ontem, lembra dela?"

"Sim, é claro que me lembro. Algum problema?"

"Não, mas... como se chama?"

"O que quer dizer como se chama? É Laura, sua amiga!"

"Tio, não a conheço."

19

LAURA ERA MUITO MAIS do que uma qualquer, entre as minhas fotos, pelo menos em metade ela aparecia, devíamos nos conhecer há muito tempo, e bastante bem.

No entanto, seu rosto era como um dos tantos que via passar em frente de casa. A rua, teria reconhecido sem nem ao menos olhá-la, mas quem passava por ela, definitivamente, não.

Recebi alta do hospital havia três dias, teria gostado de ver Dublin e ficar por algum tempo, mas não agora, o vazio permanecia e ainda estava fraco.

O médico prescreveu-me um mês de repouso, não necessariamente na cama, o importante era não me cansar demais.

Quase não reconheci minha casa quando abri a porta, o tio havia mandado uma faxineira limpá-la e, em meio à artificialidade daquela arrumação, sentia-me pouco à vontade. A sensação de estranhamento continuava, nesse aspecto encontrava-me igual ao que era antes.

Organizava a papelada que haviam amontoado sobre a escrivaninha de mogno do salão, pelo menos aquilo tinham tido o bom senso de deixar onde estava. Ali no meio encontrei a foto de uma garota, idêntica àquela que ia me visitar no hospital: sim, era Laura. Não passava um dia em que não viesse conversar comigo ao menos uma vez, sentava-se e contava suas atividades em todos os detalhes, da manhã à noite. Quando lhe disse que ignorava completamente quem era, chorou, mas continuou a falar do mesmo jeito; de seu rosto caíam lágrimas que escorriam até o lençol da cama. Nos dias que se seguiram, fez como se não tivesse lhe dito nada. Sentava perto de mim e falava durante horas, com a face serena, jamais lamentosa, olhos lúcidos, e apesar de magoada, nunca desviava o olhar e falava do mesmo modo. Possuía uma força interior incrível. Voltou alguns dias antes de mim à Itália, havia terminado seu trabalho em Dublin, era jornalista, ocupava-se de desfiles, teatro e cinema. Assim dizia. Só Deus sabe o que significa ter uma pessoa diante de si, saber conhecê-la, querer-lhe bem, ter compartilhado tanto com ela, mas não conseguir se lembrar de nada, como um clone, como alguém que representa um papel, o dublê de uma ilusão.

Experimentava aquela sensação de vazio quando folheava o álbum de fotos e a reconhecia, junto a mim, rindo, brincando e abraçando-a.

De verdade, aquele era eu? De verdade, o mesmo de agora?

Nos diários que conservava, seu nome era uma constante. Lembrava muito bem de ter escrito aquelas anotações, aqueles desabafos, mas as partes em que citava o seu nome pareciam ter sido escritas por outra pessoa, embora a caligrafia fosse minha. Relendo, parecia que tentava me convencer a não gostar dela, que não era a garota certa para mim, e inventava justificativas realmente particulares.

A essa altura, já havia saído do coma há um mês e dela não tinha nenhuma lembrança, um lampejo, um fragmento, um pedaço de uma foto na memória, nada, apenas a renitente escuridão. Tinha começado a conhecê-la naqueles dias no hospital, ela me contava estórias da adolescência, do verão que passamos juntos na Sardenha, de quando decoramos o meu antigo quarto com as estrelas fosforescentes no teto, mas não havia nada que me fizesse lembrar dela, nenhuma frase, um som, uma sensação, um momento; o que podia perceber, isso sim, era uma presença, artífice de todas as recordações que Laura trazia novamente à minha memória, mas não o seu rosto, não aquela voz; havia alguém, mas era apenas uma sombra, alguém que não conseguia ver e por quem não conseguia sentir nada. Alguém, ou talvez alguma coisa, que movia os fios da ação, que deslocava as divisórias para frente e para trás, mas de quem, na melhor das hipóteses, eu via somente as mãos.

Quando pequeno, nas noites quentes de verão em que dormia no quarto com Carlo, mamãe mantinha as persianas levantadas e as janelas escancaradas. Na casa em frente, um senhor, logo antes de eu ir deitar, saía para fumar um cigarro, sozinho, envolto pela escuridão. Recortavam seus traços nada além da luz fraca da lua e dos reflexos dos poucos postes a distância. Apoiava os cotovelos sobre a balaustrada e olhava em direção à nossa casa. Seus olhos não eram visíveis; tinha certeza de que não olhava para mim, mas permanecia imóvel durante todo o tempo, levando vez ou outra o cigarro à boca, e parecia realmente que estava me controlando. Eu não tinha medo, mas sentia uma tremenda ansiedade, aquele homenzarrão sem rosto visível, abrigado no negrume da noite. Virava, deitando de bruços, e deixava-o ali, acabando de fumar seu cigarro. Sentindo-me observado, ficava imóvel. Só depois de vários minutos, ousava me virar e descobrir o balcão vazio.

A Laura de outrora, aquela que me acompanhava em suas narrativas, não mais existia. Dela restou só uma mancha escura se movendo, disforme, silenciosa e presa nas armadilhas do passado.

Os médicos não foram capazes de explicar por que todas as minhas lembranças eram cristalinas, menos a de Laura – o único lapso. Deveriam ter ido embora todas as situações que nos ligavam, nas quais ela estava presente, mas estas reapareciam, e ela nunca estava ali. Recordava os momentos em questão, mas poderia jurar que naquelas situações me encontrava sozinho, ou pelo menos sem ela.

É como de um livro lembrar o número dos capítulos, os lugares, mas ignorar completamente os protagonistas, o enredo, e ao reler ter a sensação de ser a primeira vez; ainda que certas páginas deem a impressão de já tê-las lido.

Na última vez Laura tentou me trazer à mente a manhã no aeroporto, poucos instantes antes de partir para Dublin, disse que tínhamos nos encontrado por acaso, diante do portão de embarque. Fazia algum tempo que não nos falávamos, não me explicou o porquê, mas quando tocou no assunto intuí que devia ser por minha culpa. Mas de tudo isso, o aeroporto e o resto, não me lembrava absolutamente. Desta vez, porém, não apenas ela, mas todo o contexto permanecia escondido, tenebroso, via pedacinhos de papel velho voando e não conseguia capturar-lhes o sentido. Esquecer lembranças iminentes ao coma era mais do que normal, segundo os médicos; mas considerando a minha incrível recuperação, eles próprios estavam convencidos de que, com o tempo, poderia reconquistar também aqueles momentos.

A última lembrança nítida antes do acidente era o táxi de Martin, uma parte do voo, o medo de voar, a janela do meu quarto em Dublin, e então era como se permanecesse anestesiado, ou dormido muito mais do que o normal.

Agora que havia me recuperado, queria saber; estava curioso para descobrir o que havia ocorrido durante o longo sono que me manteve vivo e morto. Lê-se muito sobre pessoas que voltam do coma, gente que conta ter visto a luz, a felicidade eterna, diz não estar contente por ter despertado, pelo quanto era bom por lá. Nem antes, nem agora, nunca acreditei em tais idiotices. Pessoas que depois montavam na onda de sucesso de seus livros, publicados como forma de reforço da prova ontológica da existência de Deus.

Claro que, se tivesse tido a chance, teria gostado de poder falar com Deus, não para desabafar, mas para ser o porta-voz das inumeráveis perguntas às quais o homem, desde que existe, procurou obter respostas.

Ou melhor, não. Acredito que o homem é homem exatamente por isto, porque é o único ser capaz de fazer perguntas e encontrar respostas por si próprio, ou inventá-las se não existirem. Repenso em minha obstinação em saber o sentido da vida, quando passava os dias no quarto fixando os mesmos objetos e tentando dar significado a eles e a tudo que havia em volta, o que gerava vida e a preocupação com o que há depois. Tenho vontade de rir pensando nisso agora, sinto-me completamente desapegado da ideia de que algo para ser belo ou feliz deva ser necessariamente eterno. Só se pode mesmo é viver.

Comecei a divagar, dando corda à imaginação, enquanto enchia a banheira para um banho bem relaxante.

Mas se Deus no ano zero tivesse dito a mim, assim como a todos os outros homens: "Sim, depois da morte há algo", o que seria da humanidade?

Não sei a resposta, mas sei com certeza que teria tolhido a mim e aos outros a possibilidade de pensar, de criar mitos, lendas; teria abortado a fantasia, a criatividade, a arte, isto é, tudo aquilo que de mais belo o homem, desde que existe, criou, deu vida, partindo justamente da escuridão. Talvez o lado bom fosse ter uma única religião, ou melhor, seguramente não haveria religiões, visto que não existiria nada por esperar, devido à certeza da qual todos seríamos conhecedores. Estou contente que ninguém tenha me dito o que existe depois, quero descobrir por mim mesmo quando chegar o momento, e se houver algo, agradecerei a Deus por não ter estragado a surpresa. Sempre detestei os ovos de Páscoa cujos presentes que vêm dentro deles são conhecidos antecipadamente. São "surpresas" inúteis enquanto novidade. E a vida é uma surpresa. Precisa ser. Cada instante não seria o mesmo na hipótese de que poderia voltar. Não existiria tampouco o amor. Agora mesmo, para dizer a verdade, não sei se ele existe realmente ou não.

"Imagina que lhe seja dito que depois da vida existe algo, não lhe dizem o quê, mas dizem que algo existe: bem, já pensou qual seria a repercussão sobre você e toda a humanidade?"

Quem teria formulado e me transmitido essa pergunta, uma vez que ela ressoava em minha cabeça?

O toque do telefone trouxe-me de volta à realidade. A água havia continuado a escorrer, enchendo a banheira.

O banheiro estava todo enevoado; o espelho, embaçado, e nele eu havia desenhado as iniciais do meu nome. Corri para pegar o telefone e atendi.

Um tom de voz cortês perguntou se eu podia responder a algumas perguntas, para uma pesquisa. Enquanto isso, fui tirando a roupa e escorreguei para dentro da água quente. Do outro lado da linha o homem continuava a falar: "Posso lhe fazer algumas perguntas? Não tomará muito tempo, prometo-lhe."

"Sim, por favor, já disse que tudo bem. Diga..."

"Então, para começar, o senhor crê em Deus?", acrescentou.

Eis os vendedores de esperanças, os pastores das ovelhas desgarradas!

O homem insistia, perguntando-me se eu estava ouvindo e o que me fazia rir tanto. "Alô, está me ouvindo? Alô?!"

Deixei cair a ligação, apesar de não querer ser indelicado com o pesquisador. A hora imprópria e logo o tema dos meus pensamentos justificavam minha atitude. Não havia espaço para falar disso com desconhecidos.

O telefone tocou de novo. Coloquei-o no bolso do roupão para abafar o som.

A torneira da banheira pingava, caíam gotas uma depois da outra, era eufônico aquele gotejamento, ritmado e homogêneo, conseguia relaxar-me quase como o ar que saía do secador.

Finalmente estava sem ninguém ao meu redor, o primeiro momento de tranquilidade depois de tanta confusão; sozinho dentro de casa, sem tubos ligados ao corpo e médicos meticulosos controlando a cada minuto a minha pressão.

Na quadragésima quinta gota adormeci. Contei quarenta e cinco e depois caí no sono. E finalmente sonhei. A primeira vez depois de voltar do coma. Eu disse sonhei?

Aquele terrível pesadelo, com a mesma praia, o mesmo mar, o que me deixava impotente diante de um possível afogamento, retornava com intensidade.

Estava em uma praia com o mar tempestuoso, areia escura e pegajosa, vento seco alisando meus cabelos, sol morno refletindo sobre o mar, que se lançava com violência sobre a orla.

Alguém começava a pedir socorro no meio do mar. Reconheci a voz de Carlo, gritava para mim, desesperado, pedia ajuda, chamava meu nome, estava se afogando e a correnteza arrastava-o. Desta vez, percebi que se encontrava a poucos metros de mim, eu podia ver que se debatia, mas me virei e fui embora; ele continuava lutando e eu já estava longe da beira, passeando pela orla com as mãos nos bolsos. Andava sossegado, ia pelo meu caminho e não me preocupava com nada. Agora meu irmão não estava mais no mar, sem afogamento, as ondas eram fracas, e o sol ia se apagando em meio à profundeza marinha. Mas que sufoco!

Reabri os olhos ainda amedrontado; estava na banheira, a torneira ainda gotejava, e a hidromassagem tinha recomeçado. Ativei no programa as luzes coloridas do fundo e apaguei a grande do teto; também acendi um cigarro. Precisava relaxar. Não entendia o significado daquele sonho, ou melhor pesadelo, sempre supondo que devia haver algum Carlo pedindo ajuda sob estranhos cenários não era novidade nas minhas viagens oníricas. Porém, antes do coma, o sentimento de culpa me consumia ao despertar, agora fumava com calma. Aquela constante culpa parecia ter me abandonado. A minha parte racional não me reconhecia, e eu me preferia assim, conquanto não me entendesse. Tinha sofrido uma perda, mas havia feito uma conquista bem mais preciosa. Na troca, saí ganhando.

Ocorriam, cada vez com mais frequência, esses *déjà-vu*, e não conseguia definir se eram sonhos premonitórios ou apenas pesadelos inconsequentes.

O cigarro escapuliu da minha mão e se apagou na água, emitindo som parecido com um ronronar; ao recolhê-lo, reparei nos dedos das mãos, estavam normais, não havia mais peles puxadas e unhas roídas, e devo dizer que gostei.

20

Mais de um dia, quase dois, passei na sala onde estavam todos os meus instrumentos. Entrei e fechei a porta, deixei do lado de fora tudo o que não devia entrar. E toquei; tanto, que me esqueci até de olhar o relógio. Quando retirei as mãos do piano, pareceu-me ter renascido. Só deixei esse recinto porque sentia fome.

"Caramba, Soren, acontece de tudo com você!", exclamou Fred. "Soubera do acidente tempos atrás, por Laura. Foi difícil acreditar. Tinha decidido ir visitá-lo, quando me disseram que você havia recuperado a consciência. Jamais perdi essa esperança. Como o trabalho me impedia de viajar, esperei pelo seu retorno a Roma. Já se sabe quem foi?"

"Não, infelizmente não. Os indícios são escassos."

Friedrich engolia a cerveja aos borbotões, como se fosse água, a cada rodada se superava em pelo menos um copo e meio. Combinamos prosseguir o papo à noite, precisava conversar, tinha várias questões que só ele podia esclarecer. Entramos no pub mais próximo e ficamos lá até a terceira investida da garçonete, que gentilmente, mas em vão, tentava nos fazer entender que o bar estava fechando.

"Mas ela está estranha esses dias." Falava de Laura. "Eu a vi ontem, não mencionou seu nome. De fato, tinha notado que não estava tudo bem."

Friedrich ainda não sabia, e, evidentemente, Laura não lhe havia contado nada. Ficou embasbacado quando terminei de lhe explicar, tinha dificuldade em admitir que não delirava, mas realmente a situação era de afastamento.

"Por favor, pode me trazer mais um?", disse Fred indicando o copo vazio para a garçonete.

"Em resumo, você lembra de tudo, a não ser dela?"

"Sim, e não me pergunte como é possível, porque não faço a menor ideia."

"Sabe o que se diz por aí, não é? Se não lembramos de algo é sinal de que não era tão importante."

"O que você quer dizer?"

"Ah, qual é, falei por falar!"

"Não, não!", insisti, "estou aqui justamente porque quero que me ajude a entender por que dela não lembro nada. Estou cansado das respostas dos médicos, quero ouvir sua opinião, você que me conhece pelo avesso e sabe do nosso relacionamento."

"Bem, a questão é complexa, ainda mais porque estudei filosofia, e não psicologia, mas, pelo que sei, quando não temos mais recordações de alguém, é porque essa pessoa já não é tão importante para nós, melhor dizendo, se o inconsciente a removeu algum motivo tem. É um pouco como os arquivos temporários dos computadores: depois de certo tempo vão embora. Às vezes nos impregnamos daquilo que efetivamente não nos interessa, e passamos assim a ficar convencidos de sua importância, no entanto, ao perdermos nem percebemos. *C'est la vie, mon ami!*"

"E Laura, para mim, que importância tinha?"

"É exatamente isso que não entendo. Você e Laura tinham uma relação... como dizer?..." Rodava o copo sobre a mesa de madeira e fingia pensar no assunto. "Uma relação especial, enfim." De repente mudou de tom: "Vá, Soren, você gostava da Laura. A questão é essa, não tem o que procurar."

"Eu gostava da Laura?"

"Mas é claro, desde sempre." Abriu os braços em sinal de liberação. "E falo no passado porque, ao que parece, agora é uma pessoa inteiramente nova para você, estou certo?"

"É esse o ponto, não sei quem ela é! Sei que não é uma estranha, minha casa está cheia de lembranças dela: fotos, presentes que ela diz que me deu. É claro que acredito, mas não me sinto à vontade quando estou perto dela, ainda mais sabendo de tudo isso, parece-me que lhe falto com o respeito, que não lhe dou aquilo que merece. Esforço-me para fingir que ela não é uma estranha, mas agora é sim, e não consigo levar adiante esse teatro. Leio em seus olhos, em cada vez que a vejo, a esperança de que inesperadamente algo reabra em mim, que sua identidade volte à minha cristaleira." Tirei a jaqueta de couro e a coloquei atrás da cadeira, que tinha o espaldar alto. Depois voltei a pensar: "Mas será verdade que gostava da Laura?"

Fred acomodou-se na cadeira e acendeu um cigarro. Peguei um do seu maço.

"Soren, você sempre negou, mas poderia apostar que houve algum envolvimento entre vocês no passado, e sem dúvida faz uma vida que você corre atrás dela. Quando a viu, ao acordar do coma no hospital, nem ao menos a reconheceu?"

"Não. No início parecia-me uma louca, mas percebia que algo estava errado."

"De qualquer jeito, aposto o salário em cerveja que você gostava dela", reafirmou, levantando o copo e sorrindo.

"Por que essa cara, Soren?", perguntou Fred.

"Não gostaria de fazer julgamentos apressados, nem a conheço bem, mas..."

"Mas que diabo! Claro que você a conhece bem!"

"Não sei quem ela é, isso não é uma brincadeira! Não quero julgá-la precipitadamente, mas não entendo como pude ter gostado de alguém igual a ela. Quero dizer, é uma garota bonita, mas não me sinto particularmente atraído agora que a estou conhecendo. Ou melhor, conhecendo novamente."

Friedrich deu uma boa risada.

"O que é que você vê de engraçado?"

"Nada, me desculpe, é que vê-lo falar assim de Laura me pega desprevenido. Para você, ela ia além de tudo o quanto fosse tangível e material, queria-lhe um bem sobre-humano. Mais do que a uma irmã, mais até do que a uma namorada. Agora você fala como se ela fosse a última das últimas. Recentemente, falo de antes de Dublin é óbvio, vocês não estavam em ótimas relações. Eu e Laura quase nunca nos vemos, mas você sabe que ela mora no prédio aqui em frente, encontramo-nos à noite com certa frequência. Laura era uma das seis cordas do seu violão, sem a qual não podia tocar a canção da sua vida. Você, para ela, era um amigo, muito próximo, muito querido, mas só isso. E você sempre sofreu por esta falta de reciprocidade. É verdade, ela é uma egoísta, mas sempre lhe quis bem, só que não do modo como você gostaria."

Era curioso ouvir uma terceira pessoa contar sobre acontecimentos ligados diretamente a mim.

A minha estória com Laura era realmente enigmática. Falamos sobre o assunto um pouco mais, enquanto isso, também tomei um segundo copo, e Fred já ia para o terceiro.

"Fred, um outro negócio que não consigo explicar são os sonhos que tenho ultimamente. Algumas tardes atrás, enquanto tomava um banho de banheira, adormeci e tive um sonho que poderia apostar que já havia sonhado. Não sei quando, mas aquela sensação não me era nova."

"Soren, você deve estar com a cabeça meio bagunçada, não recomece com isso, senão você volta ao vício das suas paranoias!"

"Essa é a questão, Fred, lembro bem das minhas costumeiras ansiedades, aliás bem demais, recordo-me que ficava mal, quando revivia certas situações, remoendo preocupações, e recaía no vórtice da insensatez psicológica. Agora, pareço viver uma outra vida, não a minha, de tão diferente. Mas esta nova é livre de angústias e medos. Sinto-me sereno. Livre de artifícios mentais diabólicos." Passei subitamente a um outro assunto. "Diga-me, Fred, por que eu tinha ido para Dublin?"

Fred, de cenho franzido, tirou o copo da boca.

"Você não lembra?"

"Lembro que, antes de ir, estive em sua casa e conversamos muito. Os médicos disseram que é normal não recordar os dias próximos ao coma, mas é um buraco provisório... Pelo menos espero que seja. Tente me ajudar."

Uma pontada sutil alfinetou o meu peito, quando Fred me fez a seguinte pergunta:

"Você se lembra de Sofia, não é?"

Havia bastado a simples menção daquele nome para que se desenrolasse em poucos instantes o filme trágico vivido junto a ela.

Com Sofia mantive bom relacionamento até que ela decidiu se dar um ponto final; a carta de tarô, a carta que me escreveu, a única parte sua que me resta para poder tocar.

Seguramente, se devo agradecer a alguém por ter conseguido me arrancar daquele cotidiano no qual estava sepultado, é a ela.

Sofia foi o que houve de mais místico a serpentear entre mim e as minhas relações com o outro sexo, um ponto interrogativo suspenso e sem resposta. Por isso parti para Dublin, lugar distante e desconhecido, a fim de encontrar um equilíbrio, verdades, respostas talvez erradas, mas pelo menos minhas. Fruto da minha imaginação? Luz no meu inconsciente?

Inegável era o meu medo de viver e de que a qualquer momento tudo pudesse virar do avesso, assim como o terror de envelhecer sozinho cheio de remorsos e vazios.

Devia me habituar a suportar que nada daquilo que se vê, se toca e se prova é destinado a durar. Eu inclusive, que sou demasiado apegado a tudo. Era hora de me libertar um pouco.

Meu pai contava uma estória que nunca entendi bem, mas sempre conseguia me fazer sonhar. E ele dizia que o importante era aquilo.

Havia noites em que não conseguia adormecer. Virava e revirava na cama, do lado direito, do esquerdo. Do esquerdo via as luzes do quarto de meus pais, e ficava mais tranquilo, mas nunca conseguia dormir antes que aquela luz se apagasse. E quando apagava, fechava os olhos e não queria mais reabri-los, porque a escuridão me angustiava. Queria somente uma luz acesa para poder reconhecer o que havia em torno, mas meus pais diziam que eu já era grande e devia superar essas bobagens. Teria bastado simplesmente uma luz, um ponto de referência na escuridão absoluta daquele quarto.

Na época, Carlo era recém-nascido e dormia no berço, no quarto dos meus pais, não tinha nem ao menos sua companhia. Quando não conseguia adormecer, fazia de tudo para chamar a atenção, e quase sempre um pouco depois chegava papai, deitava-se ao meu lado e em voz baixa contava uma estória. Sempre a mesma, a mais compreensível para um menino da minha idade, mas a mais bela de todas as que ouvi.

"Então, Soren, imagine que está em um cômodo sem mais ninguém e ao seu redor há uma miríade de luzes, algumas tênues, outras mais quentes, e até alguma fria. Você começa a fixar uma, a primeira que aparecer. Está vendo?", perguntava-me. "Imagine uma e fixe-a. Cuide de manter os olhos fechados. Fixe-a com muita atenção. Você gosta muito daquela luz e olha para ela extasiado, quer ver de onde sai aquele facho luminoso, quer vê-la cada vez mais próxima. Mas para poder avistá-la é necessário bater incessantemente os cílios, senão seus olhos lacrimejam. Insuportável, aquela luz o obriga a virar para outro lado, fica cego por instantes. Aquele brilho está impresso a fogo e você o vê em toda parte. O que descobriu?", prossegue. "Descobriu apenas a dor, e agora percebe não estar sozinho, há outras pessoas, pode ver o rosto bonito de uma garota, um casal sentado a uma mesa discutindo, quadros revestindo todas as paredes, e se dá conta de que aquela luz, presa em seu lustre, é insignificante. Sem ela não pode ver as belezas e por vezes também as feiuras daquilo que está à volta. Os seus olhos entorpecidos param de lacrimejar e aquele brilho dá indícios de diminuir. Não deve procurar a luz, Soren, deve deixar que a luminosidade surja, dentro e fora de você, sozinha."

É bastante difícil ser honesto consigo mesmo, porque a luz ilumina tudo, o negro, o branco, o feio, o bonito, e finge-se naquele momento sofrer de alucinações, e aquelas verdades são negadas.

"Deixe para lá a vontade de procurar sempre a luz. Se não vê nada, se está escuro, simplesmente imagine, ilumine com a luz da sua imaginação, que é mais verdadeira do que a artificial."

Fazia tempo que não voltava a pensar naquela estória. Por um instante tinha desvanecido na mesa, enquanto Fred terminava uma ligação ao celular.

Eu havia partido para Dublin a fim de encontrar essa misteriosa luz, mas não era necessário deslocar-se tanto assim, bastava ficar parado, deixando o resto se iluminar, como dizia papai.

Precisei, no entanto, experimentar. Quantos conselhos ouvi, belas frases, de amigos como Pascal ou Leibniz: as experiências dos outros são bonitas, mas apenas depois de tê-las vivido me torno apto a compartilhá-las. Não se pode vencer o medo simplesmente lendo sobre quem já o venceu. No máximo pode ser estimulante, nada mais. O coma tinha me transformado. Havia uma razão mais do que suficiente que justificava o ocorrido.

Acredito na imprevisibilidade da vida, mas creio também que o previsível seja somente supérfluo, e que o imprevisível possa mudar tudo, para além do bem ou do mal. A vida, não se pode explicar, prever, nem compreender, só se pode mesmo é viver.

A segunda cerveja foi embora rapidamente, antes da terceira levantei para ir ao banheiro e a minha cabeça rodou por um instante. Um aviso para minha imprudência, efeito colateral, pois ainda estava me convalescendo e a bebida não fora liberada.

Uma ampulheta que escorre, um senhor careca com bigode branco, uma montanha enorme, um homem que acaricia um gato, e grades no chão, talvez bueiros.

Apoiei-me no ombro de Fred, desabando sobre a cadeira, mas sem perder os sentidos.

"Soren, tudo bem?"

Via traços de experiências vividas, e sentia as lascas dos resíduos pinicando sobre a pele, reavivando-as.

"Tenho uma sensação, Fred, mas não consigo descrever. Não sei de onde vêm essas lembranças, não estou entendendo nada, sinto a cabeça explodir."

"Meu amigo, na minha opinião, você bebeu além da conta!, melhor dito, nesse período de recuperação, zero bebida, havia prescrito o médico."

Sentamos novamente e continuamos a falar sobre jazz, música clássica e como os dois gêneros podem ser semelhantes, estruturalmente falando.

21

ERA NOITE ALTA QUANDO VOLTEI para casa, já se entrevia uma luz de sol nascente no céu sereno, os pássaros assobiavam o bom dia, assim atirei-me no sofá, com a intenção de descansar umas duas horas. Repensei sobre o que tinha acontecido no bar, não fazia nem uma hora; aquelas caras, aqueles lugares não eram fruto da imaginação, não eram sonhos impossíveis, eram vivos demais, tinha visto e tinha tocado neles, já havia estado ali. Quando¿ Durante o coma¿ Apareciam e desapareciam, sem aviso prévio, e me deixavam em plena angústia, como depois de ter escutado o *Requiem* de Mozart.

A campainha começou a tocar insistentemente, deviam estar mais do que certos da minha presença.

Um dos meus sapatos estava no pé e o outro, revirado sobre o tapete. Devia ter dormido no máximo três horas, pensei. Sentia meus ossos doloridos e a cabeça em pane. Levantei-me do sofá e por pouco não tropecei no tapete. Pelo olho mágico reconheci o rosto de Laura. E o que será que ela quer agora¿, pensei.

"Bom-dia!", disse, abrindo a porta.

"São quatro da tarde! Demorou um século para abrir!"

Olhei o relógio, perplexo, e de fato eram quatro da tarde, tinha dormido como uma pedra, tanto que achava que fossem as primeiras horas da manhã.

"Sim, desculpa, estava dormindo!"

"Estava dormindo vestido?"

"Ontem à noite voltei para casa tarde, cochilei no sofá, depois caí no sono, e você me acordou agora com a campainha!"

"Ah, não sabia, desculpe. Então vou embora, nos falamos mais tarde, se der me ligue à noite."

Disse isso com o tom de quem espera ser logo interrompida e puxada para dentro para tomar um café.

Teria gostado de deixá-la ir, ainda estava bocejando e esfregando os olhos de sono.

Segurei-a pelo pulso.

"Mas aonde você vai?... Entre."

Ela sorriu e deixou-se conduzir.

A porta, batendo, fez cair no chão um pequeno quadro; representava a vista de uma janela: uma rua com tijolos, todos bem postos e quadrados, encaixados em uma fila de postes de lampiões. Observei-o por mais do que alguns instantes, depois o recoloquei no prego.

"Foi você quem comprou, ou alguém lhe fez esse desenho?", perguntou-me Laura.

Resmunguei qualquer besteira, achava que tinha recebido de presente, mas não lembrava de quem.

"Ah, meu Deus, foi você quem me deu?"

"Não, não; não tenho ideia de como se pinta", falou Laura, rindo.

Tocava *I'm a fool to want you* no micro system da sala. Fazia tempo que não ouvia aquela canção.

"É rádio?", perguntei enquanto preparava um café.

"Não, trouxe o CD, queria que escutasse. Lembra dela?"

"Sim, claro."

"E de que ela lhe faz lembrar?"

"Remete-me para trás no tempo, um passado muito distante." Fiquei ali plantado, escutando, enquanto fixava o canto do teto da sala.

"É a minha canção favorita, escutamos tantas vezes juntos. Você não gostava, mas escutava de todo modo." Teve um nó na garganta, mas respirou fundo e engoliu.

"Por que a colocou?", perguntei.

"Queria que escutasse. Mas nem sequer isso lhe traz recordações."

"Sinto muito, Laura. Não sabe como gostaria de dizer que sim. Reconheço a canção, mas você não aparece entre essas lembranças."

"O que lhe transmite?"

"Calma. Serenidade. Mas sem um porquê."

"Porque estávamos bem juntos!", berrou Laura.

E caiu mais uma vez naquele choro maldito. Naqueles momentos ficava frio e não sentia compaixão. Abraçava-a, e ela agarrava-se com força cingindo o meu tórax, e apertava o mais forte que podia. Também a apertava, mas estava com os olhos abertos, e sei que quando se abraça alguém com os olhos abertos é porque as duas pessoas não são uma só. Peguei-a pela mão e sentamos no sofá. Inclinei-me diante dela e a olhava de baixo. Era capaz de entender o quanto devia sofrer naqueles momentos, porém, por mais que me esforçasse, não podia representar indefinidamente o papel do bonzinho que consola. Não porque não fosse capaz, mas por continuar a ver Laura como uma estranha que tentava invadir o íntimo da minha vida e tornar-se logo protagonista, enquanto eu, pacientemente, tentava reconhecê-la.

Evidentemente, não tinha condições de fazê-lo, procurava encher uma garrafa que já estava cheia, porém não via a água e, insistindo em acrescentá-la, fazia apenas piorar, pois tudo transbordava.

Deve ser terrível viver assim. Se fosse comigo, também não a teria deixado em paz, com certeza teria me comportado igual a ela. Compreendo porque naquela tarde escapou correndo, deixando-me com a cafeteira na mão e o CD tocando.

O que a magoava tanto, isso não conseguia entender. Sofria exageradamente, parecia ter perdido tudo o que tinha. Friedrich telefonou: "Diga-lhe que se lembra dela, não aguento mais, eu nunca vi Laura desse jeito desde que a conheço."

Naquele dia, depois da partida de Laura, a campainha voltou a tocar. Talvez Laura tivesse esquecido algo. Dei uma espiada, mas sobre o sofá não havia nada.

Atrás da porta estava um senhor de terno e gravata pretos. Não dava a impressão de ser um tipo dos mais alegres. Tinha um símbolo estranho na gravata, um candelabro com sete bocas. O desenho era pequeno, mas deviam ser sete. Não reparei em seus traços, até que me falou. Tinha uma estatura imponente, era careca e tinha um bigodinho branco. Afirmou ser funcionário da polícia, precisava falar comigo. Acomodei-o na sala. Não quis nada para beber, porém, de todo modo, preparei um café, e ele tomou um gole.

O tempo ficara nublado, uma sensação me dizia que aquele senhor não era mensageiro de boas notícias, lia em seu rosto. E quanto mais falava, mais me lembrava alguém. Tinha uma voz familiar, ou talvez o rosto. Gostava de bater papo, estava rodando em torno do assunto pelo qual encontrava-se sentado no meu sofá tomando café, descrevendo estúpidas tarefas burocráticas.

Devo dizer, porém, que quando teve que entrar no cerne da questão, não hesitou. Frio e duro como o gelo, tirou do bolso interno do paletó um envelope e me entregou.

"Isto é da parte de seu irmão", disse. "Foi encontrado morto em Dublin, algumas semanas atrás. Soubemos que o senhor esteve muito mal, por isso esperamos antes de lhe comunicar, os médicos haviam recomendado que repousasse, longe das preocupações." Bebeu mais um pouco de café e retomou: "Sem dúvida foi suicídio, e este envelope foi encontrado nos seus pertences, carregava com ele, com o seu nome escrito no verso, como pode ver."

Tinha me dito assim. De conversador, passou a curto e pungente. Se estivesse querendo brincar, com certeza teria sido menos impetuoso.

Passaram-se segundos de silêncio fortuito.

"Quando foi isso?"

"Já lhe disse, há cerca de três semanas, o senhor estava no hospital; teve um acidente feio, não foi?", perguntou timidamente, contraindo o rosto, mas estava pensando na vida.

"Meu irmão, no que me diz respeito, morreu faz tempo", disse-lhe, "agora morreu também seu corpo, mas isto faz pouca diferença."

"Bom, menos mal que tenha reagido assim. Não quero incomodá-lo mais, portanto me despeço", falou, estendendo a mão.

Acompanhei-o até a porta. Antes de ir me disse: "Ouça um conselho, tome conta de você."

E virou-se, afastando-se do portão de casa. Caminhava seguro de si, de queixo erguido, como se fosse o chefe do céu.

"Espere!" O homem conteve o passo e virou apenas a cabeça. "Estava pensando... o que meu irmão fazia em Dublin?"

O homem deu um sorriso torcendo a boca, como se estivesse decepcionado por não poder responder, ou como se ignorasse a resposta; deu de ombros e acenou um não, com um movimento rápido da cabeça.

Recolocou os óculos de sol e foi embora.

"Ei!", disse, mas o homem fingiu não escutar.

E já avançado em seus passos falou: "Vá por mim, não é importante saber!"

Não insisti, mantive-me ali, observando-o até que virasse a esquina, depois entrei em casa e fechei a porta. O pequeno quadro caiu de novo no chão. Desta vez a moldura cedeu e o vidro acabou em pedaços. Deixei tudo ali, não estava com vontade de limpar, faria isso em outro momento. Não sei se o efeito da notícia estava demorando a surgir, ou se realmente não me era assim tão importante, ou se tinha receio do conteúdo da carta. No fundo, tinha de fato perdido Carlo e, conhecendo-o, duvido que tivesse vontade de revê-lo. Portanto, talvez fosse melhor dessa maneira.

A carta era breve e sem firulas: "Soren, sinto por tudo o que lhe aconteceu, não consigo viver com este sentimento de culpa, e queria dedicar a você o meu último pensamento. Assinado: Carlo."

"Adeus, irmão", disse em voz alta.

22

TINHA DECIDIDO IR TRABALHAR, queria retomar a minha atividade, reativar a engrenagem, a minha não estimada rotina. Sentia-lhe a falta, não se pode fugir dela, afinal, quem sabe não fosse errado culpá-la sempre.

Mas não hoje; aquele hoje, especificamente.

Antes de sair, peguei de novo a carta do Carlo. Relendo-a reparei em um particular que me havia escapado, e que não batia. Ele escrevia *aquilo que lhe aconteceu*, que é bem diferente de *aquilo que aconteceu*, talvez quisesse referir-se a um episódio bem preciso, e tudo me levava a pensar no meu próprio incidente.

Uma hipótese absurda aflorou-me à mente: ele era o ladrão que tentou me roubar em Dublin; depois dessa, comecei a levar a sério a recomendação de parar de beber vodca à noite.

Carlo não tinha ética nem moral e, matando-se, faltou ao único valor que nunca deixou de lado antes: o respeito, mas não pelos outros, unicamente por si próprio.

Enchi a maior mala que possuía, minha secretária reservou um bilhete de primeira classe, e parti com o primeiro trem com destino a Londres.

Escolhi o trem em vez do avião para evitar a altitude, relaxar e ver as cidades passarem.

É sempre subvalorizado esse trecho da viagem, parte-se sempre com pressa, o que eu não tinha. A expectativa de chegar ao destino, o que seria uma viagem sem aquela ponte imaginária que une as duas margens? Ficaria perdida toda aquela carga de energia, que somente uma prazerosa viagem pode dar. Quanto mais longa, mais cresce a fissura. E quando se chega, já se lamenta a perda daquela agradável sensação de querer estar lá, mas não estar ainda.

Cada alegria, cada prazer contêm necessariamente também uma dor, às vezes pequena, como neste caso, mas não há prazer sem dor, vivem juntos e jogam xadrez, e se desafiam, para ver qual prevalece sobre o outro, mas obviamente são peças que se movem e correm sobre o mesmo tabuleiro.

Tinha guardado o fato de que na realidade a minha intenção era ir a Dublin, e não a Londres. Há diversos barcos que fazem a conexão entre a Inglaterra e a Irlanda, e tinha a intenção de chegar desse modo.

Tudo tinha começado em Dublin, havia notas que faltavam na partitura, nem tudo batia, e talvez voltar a respirar aquele ar rígido fosse me ajudar.

Levava comigo um oboé, aquele da primeira viagem. Quando entrei para o conservatório, comecei a estudar exatamente o oboé. Era jovem, havia sido ensinado por meu pai, que era um grande apaixonado por instrumentos de sopro. Tinha som mágico, perfeito, quente, encorpado, jamais estridente, um instrumento cheio de si.

Fred acompanhou-me até a estação, no carro tocava rock pesado a altíssimo volume, dizia que era fundamental para acordá-lo e não deixá-lo enfrentar o dia como um parasita viscoso. Fred não entendia o que eu queria fazer ao voltar a Dublin. A ele disse: pode confiar. Mas não estava absolutamente de acordo.

"Não o compreendo, Soren, voltou faz pouco e já quer ir de novo para lá. Ficaria longe dessa cidade, se fosse você."

Deixei que respondesse o ar que entrava pela janela, não tinha mais nada a dizer.

"Está cometendo um erro, Soren..."

"Pare o carro."

"Como é que é?"

"Pare essa droga de carro!"

Colocou a seta e acostou à direita.

"Se até agora acho que entendi um pouco da vida, devo exclusivamente aos meus erros, e você deveria conhecer essas questões melhor do que eu. Errar é o que há de mais importante, caramba!, desde que se erre sozinho."

"Qual é, não pode mais dar maus exemplos, então começa a dar bons conselhos?"

"Boa, quem foi que disse isso?"

"Um escritor francês, acho..."

"É verdade, tinha razão."

Dessa vez foi ele quem não falou mais, e afora ter me dado razão, que eu não queria, partiu de novo rumo à Stazione Termini.

Fred não se enganava no que dizia, teria me comportado como ele, e mais, teria ido além, mas ele era superior a isso, estou convencido de que havia captado a mudança que misteriosamente eu sentia por dentro.

Antes de descer, Fred me perguntou rindo que horas eram. Havia percebido que não estava com o relógio no pulso. Eu mesmo não tinha reparado, tanto é que, depois de ter rodado o pulso, fiquei com um ar de espanto no rosto.

A Martin, teria pedido que voltasse só para subir a bordo com o relógio no pulso. Agora, era realmente o que menos me importava.

O maço de cigarros despontava amassado do bolso da camisa de Fred, peguei um e acendi, antes de me despedir.

"Acha que tornaremos a nos ver logo¿", perguntou-me.

"Não sei, mas o farei saber. Em breve, porém, creio que não!"

Fred não me ouviu, já havia voltado para o carro.

O trem que corria fluido e veloz sobre os trilhos era uma metáfora perfeita da vida. Não importava se aquelas paisagens eram bonitas ou feias, de qualquer maneira não havia possibilidade de pará-las, fugiam como o tempo, deixando em nós apenas lembranças e sensações.

O trem vai, nunca para, e ai de quem olhar para trás, seguindo com o olhar uma imagem que chamou a atenção, pois irá revê-la desfocada enquanto outra já começa a passar, indo embora também e jamais voltará.

Durante toda a viagem estive com a cabeça apoiada no vidro, vendo escorrer todos os cenários que pouco a pouco se sucediam; olhava fixo um ponto e deixava que as imagens passassem sozinhas.

Revirava entre as mãos a carta de meu irmão, que lia e relia infinitas vezes; estava certo de que ali estava escrito algo mais, além do que lia superficialmente, mas provavelmente não tinha condições de entender.

Estava bastante convencido dessa hipótese e nada poderia me fazer acreditar no contrário. Meu irmão desejava dizer-me alguma coisa bem precisa, e a estória do suicídio era difícil de engolir. Carlo era a pessoa mais egoísta que já conhecera, e ainda que por tantos anos não tenha tido notícias, duvido que tivesse virado santo e que fossem tantos os seus remorsos a ponto do suicídio ser a única purificação. E não era nem ao menos um estoico.

Deixei que mais essa lembrança fosse embora como as outras e, se fosse de fato importante, mais cedo ou mais tarde reapareceria clara e reveladora.

Não suportava os túneis, censuravam prepotentemente vistas inacreditáveis, com aquele barulho semelhante ao de um enorme aspirador de pó.

O trem, sorte dele, sempre sai dos túneis; nós humanos, a um certo ponto, desembocamos em um do qual não se sai, ou é difícil de sair, e a destinação é desconhecida. Desde que haja uma.

Aproveitei a escuridão para acender um cigarro, o senhor que tinha à frente disse-me que não era mais permitido fumar no trem, mas mostrou-se de tal forma incomodado e zangado, que não resisti a soprar-lhe a primeira tragada na cara. Ficou louco, apontou-me o dedo e disse: "Como se permite, seu mal-educado; vou denunciá-lo!"

Fitei-o curioso, com o cigarro aceso que ardia silenciosas nuvens de fumaça.

Sempre me diverti debochando dessas pessoas ranzinzas, frustradas por não sei qual atividade. Desde a partida, aquele cinquentão não havia feito nada além de falar ao telefone: trabalho, escritórios, colóquios e secretárias. Por mais que tentasse ignorá-lo, sua voz era irritante demais, com aquele dialeto grosseiro e arrastado de quem, por usar um Rolex, acha que sua voz é mais entoada do que as outras.

Apaguei o cigarro. Apesar de não poder fumar, os cinzeiros estavam ali. Ficou imóvel, olhando-me com uma cara de aborrecido, arregalou os olhos como quem diz "esse é maluco". O toque do telefone remeteu-o a seu mundo, respondeu todo sorridente e voltou a representar. Se alguém de vez em quando tivesse coragem de ficar calado, sim, porque hoje em dia é preciso coragem para isso, haveria menos atorezinhos arrogantes e mais honestos pensadores.

Um bilheteiro, passando, repetiu-me que não era permitido fumar e me aplicou uma multa, não podia fazer diferente, dizia. O tal senhor à minha frente ficou contente e balançou a cabeça para cima e para baixo. Disse-lhe que neste mundo até brincar teria um preço, e que por sorte eu ainda podia me permitir isso.

Sentia vários olhos apontados para mim, com certeza chamara a atenção de quem estava sentado, por causa do cheiro do cigarro, mas somente um olhar capturou o meu: o de uma garota sentada no outro compartimento do trem. Dois olhos cinzentos, completamente cinzentos, havia neles tanto preto quanto branco, um bem que podia fazer muito mal, olhos de um céu antigo, do qual o protagonista refinado era o seu olhar lancinante, profundo, indecifrável. Sorriu-me e logo voltou o olhar para o livro que estava lendo. Era inacreditavelmente linda.

Estava lendo *O mito de Sísifo*, de Camus. Conhecia bem aquele livro, e vê-lo nas mãos de uma moça foi um espetáculo que me excitou.

Na estação de Bolonha liberou-se um lugar em frente a ela, hesitei menos do que de costume, tempos atrás teria me consolado dizendo "Puxa vida, alguém acabou de se sentar". Em vez disso, aproveitei e me sentei, livrando-me da visão daquele homenzarrão chato. Então me dirigi a ela: "Li recentemente esse livro, não é fácil, mas é instigante."

Não era verdade, tinha lido há bastante tempo, mas foi o que me ocorreu dizer, e o disse em francês, porque percebi que o livro estava escrito naquele idioma.

"Sim, não é fácil, mas belo! Estou lendo pela terceira vez." Surpreendi-me quando ela respondeu em italiano, talvez para se mostrar culta, poliglota, mas compreendia-se claramente que o sotaque era francês. Já estava perdidamente apaixonado.

23

Não posso dizer que já conhecia aquela moça, mas é assim que se diz: parecia conhecê-la da vida toda; nunca tinha me acontecido sentir-me tão à vontade com uma garota.

Mérito meu ou seu?

Se a olhava por mais do que alguns segundos nos olhos, acabava perdendo-me daquilo que estávamos dizendo, até que ela cruzava o meu olhar e me fazia descer dos planos astrais.

A graça em pessoa havia aparecido no trem. Esqueci de repente todas as paisagens e aquilo em que estava pensando até poucos minutos antes. Só havia ela agora, dentro e fora do trem.

Ela possuía uma desenvoltura natural para gerir situações desse tipo. Eu, por mais que tentasse, dava sinais de incerteza, que camuflava mexendo-me e folheando o jornal. Ela conversava compostamente sentada, as pernas cruzadas, balançando uma delas de vez em quando. O resto do corpo permanecia imóvel. Gesticulava apenas um pouco.

Estava tomado por fortes choques emocionais, tentava manter-me o mais distanciado que podia, mas era praticamente impossível, estava envolvido, alguém assim eu não podia deixar de notar, ainda que tentasse disfarçar, escondendo-me atrás dos óculos escuros. As mulheres têm aquele maldito dom de conseguir dominar e intuir esses movimentos, e ela já devia ter entendido isso fazia tempo.

"Quer dizer que está voltando para a França. Posso perguntar-lhe para onde exatamente?"

"Paris, para a minha casa."

"E de que se ocupa em sua vida profissional?"

"Por favor, não precisa me tratar tão formalmente, não sou uma velha. Pareço-lhe velha?"

"Se for, então é a mais linda que já vi."

Forçou um sorriso, torcendo timidamente o lado esquerdo do lábio.

Calou-se. Retomei a conversa.

"O que faz em Paris?"

"Sou pianista."

Havia reparado em seus dedos longos e finos, mãos cuidadas, sem esmalte. Intuía que guardava algo de profundo. As faces – se somos capazes de observá-las – dizem muito e talvez tudo, desde que estejamos dispostos a interpretá-las.

Uma pianista que tocava na Orquestra de Paris. Mas o que me estava reservando o destino?

Por enquanto era segunda pianista, mas esperava logo se tornar primeira. Vinha de uma família de músicos, e quando lhe pedi para me passar um lado do fone de ouvido do iPod, a fim de saber o que escutava, estava tocando "A Rainha da Noite", da *Flauta mágica* de Mozart. Adorava aquela ária, mas ao ouvi-la enquanto olhava para ela tudo me pareceu diferente e bem melhor. Depois recolocou ambos os lados do fone e não falou até que o chefe do trem anunciasse que havíamos chegado à estação de Milão. Aquela viagem estava passando rápido demais, e o desejo de a controlar, segurar o tempo, por um átimo vibrou em meu corpo.

Mudei novamente de lugar, sentando-me a seu lado. Emanava um perfume particularíssimo semelhante a um musgo branco com notas ásperas de colônia, como incenso.

Assim que o trem tornou a partir, tirou os fones, enrolou o fio com as mãos e virou-se em minha direção, sentando desalinhada. Parei de olhar pela janela, ainda inebriado com aquele perfume, virando-me também para ela. Desajeitado, sem saber como engrenar o papo, disse:

"Eu sou Soren, italiano. E você¿"

"Isabelle, e você já havia percebido o meu sotaque francês. Registrei sua reação quando respondi em italiano." E acrescentou:

"Aqui estou, desculpe, mas quando começo a escutar a *Flauta mágica* não posso deixar de ir até o fim. Então, Soren, não lhe perguntei o que faz na vida."

Parecia renascida, Mozart devia ter sobre ela um bom efeito.

"Sempre as mesmas perguntas no início, não é¿"

"Como assim¿", disse confusa.

"As clássicas perguntas, as banais, aquelas que não perdem a validade, que vão bem em qualquer ocasião e não se erra jamais ao fazê-las." A timidez se apossou de mim e, nessas ocasiões, parecia indelicado. Não era bem o que gostaria de ter dito, mas...

"Você me fez a mesma pergunta antes!"

"E por que direcioná-la para mim agora?" Achei que dera outro fora. Agora era tarde e talvez tivesse causado péssima impressão.

Olhava-me cada vez mais fria, porém dessa forma conseguia lhe falar com mais serenidade, controlando as emoções sem me debater para reemergir à tona daqueles olhos nos quais me afogava com demasiada facilidade.

"Bem, para conhecê-lo..."

"Mas não conhecemos nem nós mesmos, por que pretendemos chegar a ponto de conhecer os outros?"

"*Es-tu un philosophe, ou quoi?* Quando estamos decepcionados, zangados, irritados, é mais fácil falar no nosso idioma de origem."

"Imagine!", disse rindo.

"Então, se não lhe desagradam as perguntas, o que você é ou faz?", disse, fingindo ressentimento.

Contei-lhe um pouco de mim. Desarmado, falei mais do que o esperado. Ela não sabia escutar apenas Mozart, mas também um perfeito desconhecido que lhe narrava sua estranha vida. Quem sabe fosse eu, ou talvez se comportasse naturalmente assim, mas no ar, além do seu perfume, sentia uma nova sinfonia aterrissar nas partituras de um maestro.

E pensar que agora deveria estar em uma importante reunião no escritório, a falar de investimentos e outras coisas do gênero. Felizmente meu tio havia compreendido o meu estado profissional irrequieto naquele período. Também eu sabia que ele gostaria de me ver como um jovem executivo de carreira. Essa cumplicidade oportuna era bom que continuasse. Não era aquilo, ou melhor, não era somente aquilo o que ele desejava para mim. Iludir-se de ser unívoco é ser duplamente cretino.

Noite alta e muitos tinham já alongado os assentos tentando dormir um pouco. Eu e Isabelle não parávamos de conversar, sustentados pelas bolhas de uma garrafa de espumante. As francesas são sofisticadas, querem champanhe, mas na Itália é preciso beber espumante. Eu também preferia champanhe.

A última vez que havia tomado uma taça fora em um aniversário meu, que Fred quis a todo custo organizar, ele e uma amiga de que não me lembro; e se não lembro, deve ter sido Laura. Convidaram praticamente todas as pessoas que eu conhecia, tudo na minha casa nova.

Sempre as mesmas conversas, "Ah, como você mudou", "Ah, como você está bem", "Ah, que linda residência!"

O pior era a manhã seguinte: o ambiente todo bagunçado, as franjas dos tapetes encrespadas, o piso cheio de riscos e pegadas de todos os tamanhos, as almofadas do sofá amassadas e maltratadas. Teria sido o cenário perfeito para uma pintura de Magritte.

E então, de novo, todos ao trabalho, fim do entusiasmo, do falatório histérico, do riso forçado; vamos nos reencontrar quem sabe quando, quem sabe onde, mas, quem sabe por quê¿

Aquela vontade de aparecer, de se mostrar, domina demais o mundo, acima de tudo nas pessoas desprovidas de conteúdos, unicamente formas, caras, roupas, batons e sapatos de marca.

"Em que está pensando?"

Saídos do túnel podíamos ver as luzes de uma cidade a distância, imersas em um mar escuro.

"Pensava em uma velha amiga." Não estava mentindo.

"Por que velha?", perguntou-me com delicadeza.

"Porque a conhecia há muito tempo, agora não existe mais, ou melhor, é como se não existisse."

Ficou em dificuldade, balançou a cabeça em sinal de incompreensão.

"Deixa estar, é uma estória longa e tediosa..."

Disse "OK" e olhou pela janela, enquanto eu a observava. Talvez tivesse ficado chateada por não ter explicado, mas não estava com vontade de reabrir aquela caixa de Pandora.

Puxa, como Isabelle era linda! Teria ficado horas admirando-a, sem nem ao menos tocá-la. Pensei na última vez em que uma mulher havia dormido comigo, na minha cama. Imaginei-a, como seria bom vê-la de manhã com aqueles longos cabelos negros espalhados sobre o travesseiro, nada mais, no máximo passando de leve a mão em seus cabelos.

"Soren. Soren. Saiu de órbita?"

"Desculpe, tinha me perdido."

"Continua pensando na sua velha amiga?", comentou, mordaz.

"Não, agora pensava em você."

"Ah!", exclamou surpresa. "E o que você pensa de mim?"

"Que está condenada!"

Empalideceu novamente, não esperava por isso.

Por um momento, pensei que o trem tivesse parado e ficamos a nos olhar demoradamente, sem falar.

E provei o sabor dos seus lábios.

24

O QUE ERA AQUILO QUE SENTIA? Medo? Procuro associar a algo já vivido, mas não havia nada, tudo está para ser vivido, ou para não ser. Pelo menos isso é possível decidir. O trem seguia, sem dúvida e sempre, pelo seu caminho; que felizardo! pensei, sabe aonde deve chegar. Se não tivesse partido, se tivesse ficado em casa e voltado de outro dia de trabalho, estaria sozinho em casa à noite, preparando alguma porcaria para comer e, provavelmente, para não sentir demais a solidão, teria me trancado no quarto dos instrumentos a tocar. E depois, mais uma vez entre os braços da cama, cair no sono, sempre só.

Em vez disso, estava envolto por novas correntes, e enquanto Isabelle escorregava sobre meu ombro tomada pelo sono, procurei acalmar aquele movimento inquieto pelo qual nossos instintos estavam se confrontando.

Às vezes sinto tudo, um instante depois nada, assusta-me a ideia de que basta sair um segundo da linha de montagem cotidiana para fazer com que os equilíbrios sejam desmontados, perturbados, revirados, aniquilados, sacudidos. Ou talvez não existam equilíbrios, procura-se tê-los, é indispensável, de outro modo acabamos por perseguir o imprevisível e corremos o risco de não encontrá-lo nunca, caso seja esperado sempre algo dele.

A felicidade, caso exista, é de fato o que excede o equilíbrio. É quando não se espera nada que acontece o melhor. As viagens programadas: que horror! Oh, que feia a palavra programa! Não se pode partir com a ideia de não querer ter o que fazer, desejando apenas que o imprevisível ocorra, porque assim também se espera alguma coisa, ou seja, o imprevisível aconteça. O imprevisível não é previsível. Para que arrombar portas abertas?

Sucede assim: parte-se para fazer algo de que se ignoram as conotações, e encontra-se com algo completamente diferente entre as mãos.

A razão, que é tão presunçosa a ponto de querer controlar o instinto, perguntava-me o que faziam esses cabelos sobre o meu braço e a cabeça dessa linda moça sobre o meu ombro; e o que é aquela marca de batom próxima aos lábios? Mas quem queria pensar nisso naquele momento? Estava bem assim. Não pensa nisso, Soren. Que absurdo quando se diz para não pensar. O máximo do anacronismo.

Aqui estamos de novo, as infinitas partes de mim que se conflitam e todas pedem um lugar para se acomodar.

"Em que está pensando?"

"Em nada que seja útil, infelizmente", respondi, interrompendo toda aquela mixórdia de pensamentos.

Com a cara sonolenta, me disse: "Não há resposta que me dê que não me surpreenda." E voltou a cair sobre o meu ombro, dormindo.

Queria lhe dizer "fale comigo, que assim não penso", mas fiquei em silêncio e continuei a me preocupar: ainda tentava entender o que estava acontecendo.

Nunca fui capaz, nem antes nem depois do coma, de ser livre para viver o momento, sem associá-lo àquela ânsia do finito, porque este momento vivido, revisto ou repensado é já passado, ido, dissolvido.

Não sei o que aconteceu durante o coma; mas me ensinou a me conhecer e a me aceitar. Ainda hoje ninguém sabe o que há depois da escuridão, eu entendi que não adianta saber. Recordei-me da frase do filósofo, meu xará, Soren Kierkegaard, que muito me toca: "A vida só pode ser compreendida olhando-se para trás; mas só pode ser vivida olhando-se para frente." Agora sim, podia compreendê-la.

Tentei fechar os olhos, era como se os mantivessem sempre abertos, uma vez que despertos todos os outros sentidos. Não queria pensar nela, era inteligente, sensível, culta, linda demais para ser verdade. Chega dessas brincadeiras, não sou um fantoche! Muita areia para meu caminhão. A vida está querendo brincar comigo!

Tentava me distrair e não pensar nela. A estimativa inicial sobre minha viagem era ficar em Londres por alguns dias, pegar um quarto de hotel confortável, apreciar a gastronomia local, depois do que, da costa oeste da Grã-Bretanha, apanhar uma balsa ou outra embarcação qualquer para a Ilha de Mann.

Aquela ilha reportava-me à baixa Idade Média, a lendas antigas, queria comprovar se, estando ali, a sensação teria permanecido a mesma. Frequentemente, porém, ficamos desiludidos, por isso, às vezes, é melhor ver alguns lugares apenas na própria imaginação. Dali, tinha a possibilidade de chegar a Dublin pelo mar, e uma vez tendo chegado à destinação, haveria algum acontecimento.

Que feia também a palavra destinação.

Depois, um novo arrepio, a voz de Isabelle, que, com uma simples pergunta, rasgava aquele itinerário que eu havia acabado de construir na cabeça.

"Desce comigo em Paris..."

O que mais? O que mais podia desejar, senão aquela pergunta?

"Não posso, tenho de fazer uma viagem." Respondi atônito, depois de sessenta longos segundos.

"Como é possível uma resposta tão banal?"

Tinha razão, era banal. Levantei-me da cadeira, disse-lhe que precisava ir ao banheiro, fui até o vagão-restaurante e pedi um uísque. Afastei-me do balcão para me sentar a uma mesinha e uma senhora, esbarrando em mim, fez com que caísse o copo.

A senhora disse: "Deixe estar, não vale a pena."

"Não vale a pena o quê? Mas o que está dizendo?", perguntei nervoso.

Nem ao menos se virou, e saiu silenciosamente do vagão-restaurante. O rapaz do bar, gentilmente, deu-me uma nova consumação sem que precisasse pagar.

Ao longe, atrás de um outeiro, havia um céu negro límpido e imaculado. Era noite e a lua não iluminava aquela colina como devia. Durante todo o tempo olhei para fora. O vagão-restaurante estava vazio. Além de mim, um senhor de meia-idade que cochilava segurando um livro de pelo menos novecentas páginas.

O uísque acabou logo, e olhando o rapaz que limpava do chão os cacos do copo, lembrei que aquela senhora já havia esbarrado em mim e dito exatamente aquilo.

Antes de voltar a sentar, perguntei ao rapaz: "O senhor também viu aquela senhora que esbarrou em mim agora há pouco?"

"Sim, por quê?", perguntou desconfiado.

"OK, obrigado!", significa que não estou sofrendo alucinações.

Não observei, mas imaginei como ele devia estar me olhando naquele instante.

Não lembrava onde tinha esbarrado em mim, então não devia ser importante, e tinha na cabeça mais o que pensar do que naquela velha.

De longe, vi Isabelle em seu lugar olhar para o fundo do vagão, em minha direção, ansiosa para que voltasse. Perguntou-me onde tinha estado. Tomava um drinque, queria ficar sozinho por um momento, disse-lhe honestamente.

"Você é a pessoa mais estranha e fascinante que já conheci."

"Também me impressiono comigo."

Ela sorriu e me chamou de presunçoso. Depois me beijou, e quando nossos lábios se afastaram seu olhar ficou sério e penetrante, e de um impulso repetiu o que já havia me perguntado pouco antes.

Isabelle não estava brincando. E eu que já vinha esquecendo a dor de estômago que sempre sentia, não por causa de medo ou má alimentação, mas por algo interior, superior, quando precisava decidir alguma coisa importante, senti umas fustigadas, pois estava numa encruzilhada. Para melhor¿!

Assim que desci do trem, parei e olhei a carta que levava na mão.

"O que é¿", perguntou Isabelle.

"Nada", respondi; rasguei-a e joguei no meio dos trilhos. Quando o trem partiu, alguns pedaços levantaram e voaram pelo ar, caindo perto de mim. Dei um chute, afastando-os dali. E de repente o mal-estar havia sumido. Estava em paz comigo mesmo.

Como se pode amar alguém sem a preocupação de perdê-la um dia¿ Talvez fosse melhor, mas certamente não seria amor. Deveria aprender a amar pouco, e um pouco de cada vez, mas não conheço diques capazes de conter tal rio. Quando se é arrebatado, engole-se um mar de água, e depois se diz que afinal não era assim tão salgada.

Em Paris era noite, ela apertava-me um braço. Vi o céu estrelado sobre mim, aquele verdadeiro, não um fosforescente, de mentirinha. Estava feliz que naquele infinito cósmico existissem pequenos flocos luminosos, e que agora eu não fosse o único, inclinado, a olhar para as estrelas.

Este livro foi impresso na Intergraf Ind. Gráfica Eireli.
Rua André Rosa Coppini, 90 - São Bernardo do Campo - SP,
para a Editora Rocco Ltda.